"一带一路"沿线国家经典诗歌文库

（第一辑）

主编　赵振江

副主编　蒋朗朗　宁琦　张陵

俄罗斯诗选

下册

顾蕴璞　编译

作家出版社

目　录

跨世纪部分（续）

跨世纪部分（续）

（"白银时代"）

赫列勃尼科夫
（一八八五年至一九二二年）

维里米尔·赫列勃尼科夫（真名为维克托·弗拉基米洛维奇），俄国立体未来派诗人，以"词语创造"和"玄妙费解"著称，他的诗歌语言实验不仅对俄国未来派，而且对整个俄国现代派产生一定的影响。

"鲍贝奥比"[1]，嘴唇这么唱……

"鲍贝奥比"，嘴唇这么唱。

"维埃奥米"，眼睛这么唱。

"皮埃埃奥"，眉毛这么唱。

"利埃埃哎"，脸庞这么唱。

"格齐——格齐——格泽奥"，链子这么唱。

就这样，在由某些对应构成的画布上，

在长宽高之外还有个脸庞。

一九〇八年至一九〇九年

1　立体未来派用元音象征时间和空间，用辅音象征声、色、味。本诗引号中的
　　词都是字母译音的连读，如"鲍贝奥比"是由 Бобэоби 中元音 о、э、и 和
　　辅音 Б 组成，元音代表时空，辅音代表各种颜色，如 Б—红色，В—黄色，
　　П—黑色……以表达诗人诗语实验中所想要表示而读者读懂的构成各种形
　　象的语义要素。

笑的咒语 [1]

啊，放声大笑吧，爱笑的人！

啊，开口一笑吧，爱笑的人！

你们，笑声朗朗，笑口常开的人，

啊，嘲弄地笑上一笑吧，

啊，哈哈大笑的人的一笑——

捧腹大笑的人发的笑声！

啊，尽情大笑者的笑，笑逐颜开吧！

嘻嘻地笑，哈哈地笑，

讥笑吧，嘲笑吧，爱笑的人，爱笑的人！

笑不离口的人，笑声不断的人。

啊，放声大笑吧，爱笑的人！

啊，开口一笑吧，爱笑的人！

一九○八年至一九○九年

1　这是赫列勃尼科夫被评论界称作"词的创作""莫名其妙的东西"的诗篇中最
　有代表性的一首，诗人利用笑的词根，加上不同的前、后缀构成一连串词典
　中从未有过的带有笑的含义的词，译者为使读者自己辨别这些新词的不同，
　选用了汉语中具有不同词义色彩的词汇来表达。

骏马将死的时候要喘气……

骏马将死的时候要喘气，

青草将死的时候要凋落，

太阳将死的时候要暗淡，

人们将死的时候要唱歌。

一九一三年

岁月、人们和各族人民……

岁月、人们和各族人民
正在永远地一去不回，
宛如一道长流的活水。
在大自然柔软的镜中，
星星是渔网，鱼儿是我们，
神灵就是黑暗的幽灵。

一九一五年

一丝不挂的自由已来临……

一丝不挂的自由已来临，
它把鲜花抛上了心坎，
我们跟自由阔步地前进，
称兄道弟地和老天交谈。
我们、战士们，要用打手
严厉敲击冷峻的盾牌；
但愿人民成为元首，
永远如此，无一处例外！
就让少女们在窗前歌吟，
在咏赞古代远征的歌中，
也把太阳的忠实臣民——
权力无边的人民歌颂。

一九一七年

一次又一次地……

一次又一次地
我成为了
您的星辰。
一个水手，如果他，
船和星的角度选得不准，
他定将灾祸临门。
他定将在岩石和暗礁上
撞得碎骨粉身。

您也一样。如果您，
心和我的角度选得不准，
您定将在岩石上撞得粉碎，
岩石定将
嘲笑您，
一如您曾经嘲笑过我的
那种行径。

一九二二年

秋　思

秋季白嘴鸦的聚会，
秋季白嘴鸦的思绪。
编织物一般的篱笆，
光的梦透过风编织。
一张张明理的嘴巴，
向空中抛扔着呻吟。
一道道深入的河湾，
画幅上积雪的小径！
三个姑娘正在探问：
莫非我是小伙不成？
然而鸽群还在飞翔，
因为它们还很年轻。
到处阴影渐渐暗淡，
篱笆正在向我爬近。
不！

一九一九年至一九二〇年

马雅可夫斯基

（一八九三年至一九三〇年）

弗拉基米尔·弗拉基米罗维奇·马雅可夫斯基，二十世纪最有影响力的俄罗斯诗人和苏联诗歌奠基人之一。早期属于未来派，"十月革命"后，风格有明显转变，融入了革命的浪漫主义激情。他是个诗歌语言和诗歌韵律的勇敢革新者。

夜

血红和苍白被抛开后揉成团块；
朝黛绿投来了一把把威尼斯金币，
像把一张张亮闪闪的金黄纸牌，
发到聚拢来的窗户的黑手掌里。

林荫道和广场一个个全无惧色，
望着一幢幢大楼上披搭的托加[1]，
而灯光，宛如一道道焦黄的伤痕，
给最早奔忙的行人把脚镯佩挂。

人群这只毛色斑驳的灵巧的猫，
在浮动，在蜷曲，被吸进一扇扇大门；
从铸成一团的笑声的庞然大物
每个人都想拽出一点来开开心。

我觉着连衣裙的召唤的利爪，
便朝它们塞过去一个笑容；
骗子们敲洋铁皮唬人笑哈哈，
额上的鹦鹉翅膀五色缤纷。

一九一二年

1　托加：古罗马的男上衣，以一块布从左肩搭过，缠在身上。

拿去吧!

你们这块皮肤松弛的肥油
一小时后随着人流流向空巷,
我却为你们打开这么多诗的宝盒,
挥霍浪费词语这无价的宝藏。

你们,爷儿们,胡须上留着一片
不知哪儿没喝完的菜汤里的洋白菜,
你们,娘儿们,脸上厚厚的白粉,
活像只牡蛎从衣服的贝壳里探脑袋。

你们这群穿套鞋或不穿套鞋的
肮脏的人们想爬上诗心的蝶蕊。
人群将兽性勃发,相互磨蹭,
这只一百个头的虱子将倒竖细腿。

如果说今天我这个野蛮的匈奴人
并不想在你们面前扭捏装腔,
那么我就要哈哈大笑,并高兴地
朝你们啐口唾沫,
挥霍浪费词语这无价的宝藏。

一九一三年

城市大地狱

窗户把城市大地狱分割成
一座座吸吮着灯光的小地狱。
汽车像红发的魔鬼们在升腾，
在人们耳畔爆炸出汽笛声。

出售刻赤[1]青鱼的招牌底下，
健壮的老家伙在搜寻眼镜，
竟哭了，因为在傍晚的旋风中
电车跑几步就像要把眼珠抛扔。

摩天楼的洞窟亮着炼矿的火光，
一列列火车的铁料把出入孔堵上——
一架飞机大吼着俯冲向
从残阳里流出目光的地方。

这时候，夜揉皱街灯的床单，
尽情做爱，烂醉而猥亵，
某处，在街市的太阳后蹒跚的
是谁也不需要的衰老的月。

一九一三年

1　刻赤：俄罗斯地名。

爱　情

姑娘怯生生地裹进了沼泽，
不祥地扩散着青蛙的鸣奏，
浅棕头发的人在铁轨上踌躇，
满头鬈发的机车嗔怪地开过。

风的玛祖卡狂舞透过骄阳的光，
深深映入了漫天的云雾，
如今我——七月暑热的林荫道，
而女人扔来了吻——烟屁股。

抛弃城市吧，愚蠢的人们！
光着身子到太阳地去吧，
把醉人的美酒注入胸皮囊里，
把雨的吻注入炭火般的脸颊。

一九一三年

给你们

你们狂饮接着闹宴地度日子，
你们享有温暖的厕所和澡间！
从报栏读到"圣乔治勋章"得主的事，
你们怎么会不感到羞愧？

你们，平平庸庸的芸芸众生，
盘算的是更好地填满你们的胃，
殊不知此刻也许有一发炮弹
打断了彼得洛夫中尉的两条腿……

假如他面临必然的死亡，
他便会在遍体鳞伤中突然看见：
你们正用给肉饼蹭得油腻的嘴
淫荡地哼着谢维梁宁的诗篇！

难道他献出了自己的生命，
为讨好你们这帮酒色之辈？！
我倒宁肯在酒吧间里
给妓女倒一杯菠萝水。

一九一五年

穿裤子的云(第二章)

……赞美我吧!
伟人们怎比得上我。
我要给世上已创造出的一切
打上"虚无"的印戳。

任何时候,
任何书籍我都不想读。
书吗?
书算什么!

从前我曾认为,
书是这样成章:
诗人来了,
把嘴轻轻一张,
来了灵感的缺心眼人启齿就唱——
就请吧!
原来——
在诗人开唱之前,
他们早踱来踱去,脚底磨起泡,
而想象这条蠢笨的黑海鲤鱼
轻轻地挣扎在心的泥沼。
正当诗人们烹煮爱情和夜莺的粥羹,
拉锯似的吱吱地响起了韵脚,
不能说话的街市却在抽搐着——
它无法说话,无法喊叫。

我们骄傲自大，想重新筑起

城市的巴别塔[1]，

上帝却

把个个城市

夷为片片耕地，

还搅乱了言语。

街道默默地忍受着痛苦，

喊声从喉咙里支棱着，

肥胖的出租车和嶙峋的马车，

像卡在喉咙里直立着。

行人频频踩踏它的胸，

比瘰病踏得还更扁平。

城市用黑暗把道路封住。

而当——

毕竟发生了！——

街道冲开堵上咽喉的教堂前的台阶，

一下咯出异物吐向广场的时刻，

人们仿佛觉得：

伴着天使长赞美诗的合唱，

遭劫抢的上帝讨伐来了。

而大街蹲下来大声喊道：

"让我们来大吃大喝！"

---

1 巴别塔：据《圣经》记载，诺亚的子孙想建筑一座高达天国的塔，上帝为了
   惩罚他们，使建塔之事半途而废，而且变乱了他们的语言，使他们彼此都
   听不懂话。

克虏伯[1]们和克虏伯的子孙
为城市阴森紧皱的眉毛化妆，
死了的词语的尸体
却在嘴里腐烂，
只有两个词活着，还在发胖——
这就是"败类"，
还有一个什么的，
好像是——"红甜菜汤"。

在哭泣和呜咽中泡涨了的
诗人们，
逃离大街时披头散发，说道：
"怎能只用这样两个词歌唱
姑娘、
爱情
和沾着露珠的鲜花？"

跟在诗人身后的
是成千经常出没在街头的人：
大学生、
卖淫妇、
承包人。

先生们！
停下你们的营生！
你们不是乞丐，
不许你们有哀求施舍物的行径！

1　克虏伯：德国最大的工业资本家之一。

我们，身体魁梧得很，

迈一步就是一沙绳[1]。

不要去听他们的诗，

而应把他们撕成碎片，

这是些吸附在每张双人床上的

免费的附件！

难道还要恭顺地向他们求情：

"帮帮我吧！"

还要哀求他们来唱圣歌，

还要哀求他们来奏圣乐！

在燃烧的圣歌——工厂和实验室的

喧鸣中，我们自己就是创作者。

浮士德[2]和我们有什么相干，

他驾神奇美妙的烟火，

和靡菲斯特[3]在天国的嵌花地板上滑行！

我知道，

我皮靴里有一只钉子，

令人憎恶超过歌德的幻景！

我，最长于辞令，

讲出的每一个字眼

能使人的灵魂复活，

能给人的肉体欢庆。

1　沙绳：即俄丈，等于二点一三四米。

2　浮士德：歌德诗剧《浮士德》中的主人公。

3　靡菲斯特：《浮士德》中的人物，是引诱浮士德的魔鬼。

我告诉你们：
活物最微小的微尘
比我将做和已做的一切还贵重！

你们听听吧！

今天的能说会道的查拉图斯特拉[1]
正在奔走受苦，
正在说教布道！
我们，
脸长得如睡眼惺忪的床单，
嘴唇像枝型吊灯架般垂吊。
我们，
是麻风病院般的城市的苦役犯，
黄金和污泥已经使麻风病溃烂，
我们比威尼斯的蓝天还要明净，
它一下子受大海和阳光的洗染！

我才不去管，
在荷马和奥维德[2]们笔下
有没有像我们这样的
沾满痘疤似的烟煤的人。
我知道，
太阳也会黯然失色，
假如看见我们灵魂中的金矿！

1　查拉图斯特拉：又名琐罗亚斯德，神话传说中古代波斯和中亚细亚的拜火
　　教的创建者。
2　奥维德：古罗马诗人。

血管和肌肉比祈祷更可靠。

我们何必哀求时间的恩赐！

我们——

每个人——

掌心上都握着

世界的传送带！

这便把我们引上讲坛的各各他 [1]——

有彼得堡、莫斯科、基辅、敖德萨的——

竟没有一个人

不曾

高声呼喊：

"把他钉上十字架，

钉上十字架！"

但对于我——

人们，

包括欺侮过我的人们，——

你们最珍贵也最亲近。

你们可曾见过：

狗还舔着那只打着它的手？！

我，

受到今天这代人的讥笑，

被他们视为

冗长的淫秽的笑柄，

但我却看见谁也看不见的

---

1 各各他是耶稣被钉上十字架的地方，"讲坛的各各他"，比喻受到反动报章
 的攻击。

翻过时间的山峦而来的人。

在短视的眼睛自行障目的地方，
作为饥饿的民众的统帅，
那戴着革命的荆冠的
一九一六年快要到来。

我在你们那里，就是它的前奏，
哪里有痛苦，就在哪里逗留；
我在每滴滚落的泪里，
把自己钉在十字架上，
已经不能再饶恕什么了，
我焚毁了培育温情的心灵，
这比攻下千万座巴士底狱
还要难出万分！

而当你们
用暴动宣布
它的到来，
朝着救世主奔去时，
我要给你们
掏出心灵，
踏扁它，
使它变大！——
把血淋淋的心灵当作旗帜交给你们！
……

一九一四年至一九一五年

开会迷

黑暗向黎明一变，
天天我总会看见：
有的去总局，
有的去委员会，
有的去政治部，
有的去教育局，
人们纷纷去机关上班。
你刚走进大楼，
公文就雨点般盖来：
选出五十来份——
份份都是急件！——
职员们分头走去开会。

我常去申请：
"总该接见一下我吧？
我很早以来曾多次求见。"
"伊万·万内奇开会去了——
研究戏剧司和育马总署合并的提案。"

一百层楼梯我爬上又爬下，
腻烦极了，
还是回答说：
"吩咐您过一个钟头再来，
正开会研究：
省合作社
购买一小瓶墨水。"

一个钟头过后，

男秘书，

女秘书都不在——

室内空空！

二十二岁以下的青年

都在出席共青团的会。

眼看夜将来临，我又重新爬上

七层大楼的最高一层。

"伊万·万内奇同志来了吗？"

"他正开着

甲、乙、丙、丁、戊、己、庚、辛委员会。"

我气愤极了，

像雪崩崩塌，

冲向会场，

一路上还破口大骂。

可是我看见：

在座的尽是半截子的人。

哟，见鬼了！

另外半截在哪里呢？

"把人砍了！

把人杀啦！"

我乱跑乱窜，大叫大嚷。

可怕的景象使我失去了理性。

这时我听见了

秘书十二万分平静的话音：

"他们一下子要开两个会，

一天之内

我们得

赶开二十个会议。

不得己，才把自己劈成两半，

上半截留在这里，

下半截

留在那里。"

我激动得睡不着觉。

一大清早，

我用遐想迎接黎明的到来：

"啊，

假如

能再开一个会

讨论根绝一切会议该有多好！"

一九二二年

谢维梁宁

（一八八七年至一九四一年）

伊戈尔·谢维梁宁（本名为伊戈尔·瓦西里耶维奇·洛塔列夫），俄国自我未来派诗人，后又退出以保持自己艺术上的独立。他过分热衷于创造新词，迷恋美词丽句和外来词汇，在诗艺探索中采取复杂的韵脚和增强音响表现力的手段，宣泄浓烈的自我意识。一九一七年后移居国外。

我从来没有对谁说过谎……

我从来没有对谁说过谎，
因此我注定要受折磨，
因此我遭人们的痛斥，
因此他们都不需要我。

我从来没有对谁说过谎，
因此生活过得凄凄然。
有些人费尽心机去撒谎，
他们的敬爱跟我不相干。

我不知道哪条路可通往
靠卖身投靠谄媚的地方，
不过心灵倒有了点安慰，
我从来没有对谁说过谎。

一九〇九年

太阳和大海

大海恋着太阳，太阳恋着大海……
波浪开始爱抚这颗明亮的巨星，
爱着，掩着，仿佛把幻想往双耳掩埋，
但当你一早醒来，太阳重放光明！

太阳不负人意，太阳不责人过，
恋着它的大海还会相信它的……
过去它是永恒，将来仍会永恒，
但对太阳的力量大海无法估测。

一九一〇年

西天熄灭了……

西天

熄灭了……

夜露

屈从了……

田野里，

悄无声息……

柳树——

穷光蛋……

树丛

在摇曳……

碎裂声

在潜入……

薄冰

易脆裂……

汽笛声

阵阵响……

昏暗中，

一幅油画

和墓上的

斑痕……

一九一〇年十月

卡缅斯基

（一八八四年至一九六一年）

　　瓦西里·瓦西里耶维奇·卡缅斯基，未来派诗人。他参与立体未来派的活动，对赫列勃尼科夫对词的寻根探索更感兴趣。他在诗中塑造拟声的意象，扩大了诗的音乐空间，增强了人与大自然的融合感。

我是谁

我是——谁是——我——
我好似薄雾弥漫中
山谷里的晨风
你做棵小白桦吧
我要拥抱你——摇晃你。

我是——谁是我——
我好比静悄悄的
田野上空的云雀
你敏锐地听着
我发出阳光的鸣叫。

我是——谁是我——
我好比手捧浆果的
姑娘头上的鲜艳头巾
你和我一起唱吧
我为歌声所陶醉。

帕斯捷尔纳克
（一八九〇年至一九六〇年）

鲍利斯·列昂尼德维奇·帕斯捷尔纳克，是二十世纪屈指可数的俄罗斯诗歌巨匠之一。他横跨十九与二十两个世纪，纵历"白银时代""十月革命"和苏联"解冻"三次沧桑。这位"极其独特的天才"（高尔基语）早年即因勇于革新俄罗斯诗歌而蜚声诗坛，但创作道路荆棘丛生，晚年虽因"在现代抒情诗和伟大的俄国小说的传统领域所取得的巨大成就"而被授予诺贝尔文学奖（一九五八年），却因国内压力被迫拒领。

二月。一碰墨水就哭泣……

二月。一碰墨水就哭泣！
哽咽着书写二月的诗篇，
恰逢到处轰隆响的稀泥
点燃起一个黑色的春天[1]。

掏六十戈比雇一辆马车，
穿越祈祷前的钟声和车轮声，
朝着下大雨的地方驰去，
雨水比墨水的哭泣更闹腾。

这里成千上万只白嘴鸦，
像一只只晒焦的秋梨，
从枝头骤然掉进了水洼，
把枯愁抛进我的眼底。

愁眼中融雪处黑糊糊呈现，
风满身被鸦噪声割切[2]，
当你哽咽着书写诗篇，
越来得偶然，越显得真切。

一九一二年

---

1 系象征派诗人安年斯基所写《黑色的春天》的借用。作者自己在一九一四
年写过"二月正熊熊燃烧着，/有如呛了酒精的棉花"的诗句。本诗还把
还暖、融雪、稀泥、春天四个环节营造成冬末春初极富想象空间的一串意
象链。
2 这里用听觉（风、鸦噪声）与视觉、触觉（割切）相融的通感手法。

火车站

火车站，这烧不烂的保险柜，
存放着我的相逢和离别，
这久经考验的朋友和向导，
对功绩只开始而不总结。

我的一生总是戴着围巾[1]，
列车刚准备把旅客放进，
哈比[2]嘴上那个嘴套
就喷出蒸汽蒙住你眼睛。

每当我刚一偎依着坐定，
车就到站。我挨挨脸便离去。
别了，该分手了，亲爱的!
列车员，我这就跳下去。

每回在阴雨天调车作业中
西方刚刚闪向两旁，
为免得列车动用缓冲器，
马上用雪片把列车抓挡。

一再呼叫的汽笛刚沉寂，
从远处又传来另一声汽笛，
列车像用闷声的风雪浪峰，

---

1 喻指外出在旅途上。
2 哈比：希腊神话中刮旋风的长翅膀的女怪。

把个个站台刮得一片凄迷。

眼看黄昏已急不可耐，
眼看它跟在浓烟后迅跑，
田野和风儿也都在挣脱，
啊，我也能在其中该多好！

一九一三年，一九二八年

盛 宴

我酌饮月下香的苦涩，秋空的苦涩，
其中沸滚着你的背弃引出的滚烫泪流。
我酌饮芸芸众生夜晚品尝过的苦涩，
把号哭的诗章的潮湿苦涩饮入我口。

我们，作坊的恶果[1]，受不了清醒。
早已和牢靠的饭碗同仇敌忾。
斟酒人也许永难兑现的祝酒词，
像令人不安的夜风扑面而来。

遗传和死亡是我们的祝酒词。
在静悄悄的朝霞（树顶正燃烧）时光，
抑抑扬格[2]像老鼠在点心盘里翻寻，
而灰姑娘[3]急不可耐地正在换装。

地板已扫净，桌布不留残羹，
诗章平静地呼吸着，像孩子的吻，
灰姑娘在顺利的日子里驱车疾奔，
等到把钱花光，便靠两条腿步行。

一九一三年，一九二八年

1　作坊的恶果：即酿造厂的恶果，喻指酗酒的人。
2　抑抑扬格：本诗用的是抑抑扬格的格律，因此而喻指本诗的写作。
3　灰姑娘：童话中受继母虐待，干粗活，晚间睡在炉灶旁边灰堆上的女孩。

马尔堡[1]

我不时战栗。我燃烧又熄灭。
我全身发抖。我刚求过婚，
却晚了，我畏怯，才遭拒绝。
舍不得她流泪！我比圣徒傻三分。

我走进广场。我可以算作
第二次诞生。每一桩小事
都存在过，但站起来告别时，
却全然不把我当一回事。

石板晒得发烫，大街前额黝黑，
卵石对着天空皱眉凝望，
风像个船夫，划过每张脸。
这一切曾是何等相像。

但无论如何，我避开了它们的目光，
对它们的问候我不予理睬。
对任何财富我都无意问津。
我很快就离开，免得大哭起来。

天赋的本能，拍马屁老头，
真叫我难忍。它溜来跟我磨蹭，
就想："孩子气的爱情。
可惜，对他可得留点神。"

1　马尔堡：位于德国莱茵河支流兰河畔的城市。

"迈步，再迈一步"，本能对我反复说，
像年迈的经院哲学家，睿智地领着我
从满是晒热的树木、丁香和情欲的
从未开垦、人迹罕至的芦苇丛穿过。

"学会了走路，以后便可以奔跑"，
本能反复说，一轮新的太阳
从天顶俯瞰行星们又在教当地人
在新的星球上走路的情状。

这一切使一些人惊异，使另一些人
如堕黑暗，伸手不见五指模样。
雏鸡在天竺牡丹丛中刨土觅食，
蟋蟀、蜻蜓钟表般滴答作响。

瓦在漂浮，正午一眼不眨地
望着屋顶。在马尔堡
有人猛吹着口哨制作弩弓。
有人悄悄把降临节集市的事整备好。

风沙黄沉沉，吞噬着长云。
风雨的征兆挑逗灌木丛的眉毛，
天空掉落在一小片能止血的
山金车花上而有如烧焦。

那天，我像个外省的悲剧演员，
随身携带并熟读莎氏悲剧那样，
把你捎在身上并从头到脚背熟。
在城里到处排练，到处游逛。

当我跪在你面前，搂抱住

这片雾，这块冰，这表层

（你多么美呀！）——这闷热的旋风——

说了些什么？冷静点——！完了，绝我的情。

这儿住过马丁·路德，那儿住过格林兄弟。

长利爪般的房顶。树木。墓志铭。

一切都记得这些，都向往着它们。

一切都还存在，一切还相似可认。

啊，爱情的线索！捉住它，截住它。

但当在上天的生命之门下面

你平起平坐地读自己的记述时，

你是多么宏大啊，猴子中的优选！

从前在这个骑士的巢穴下，

鼠疫曾流行。如今最吓人的当是

列车从热烟缭绕的蜂房般树孔向外

阴沉严厉地丁当作响和急速飞驰。

不，明天我不上那儿了。拒绝——

比分手更完满。清清楚楚。两清了。

我能从煤气和收款处脱身吗？[1]

我将来会怎样，古老的炉灶？

雾仿佛把行李袋散放在各处，

两个窗户似乎各镶一个月亮。

1　煤气或指家，收款处或指工作岗位，意思是无法从生活中得到解脱。

旅客的愁思将滑过每本书，

和书本一起待在沙发上。

我怕什么？我熟悉失眠，

有如熟悉语法，灾祸临头有救援。

理智？但它是梦游病患者的月亮。

我和它结交，但我不是它的导管。

夜晚可是已经坐到月下的

镶木地板上，同我对弈，

窗户大开，飘来金合欢的芳香，

如同证人，情欲苦待在角落里。

白杨是王。我同失眠下棋。

王后是夜莺。我探身向夜莺。

夜渐渐取胜，棋子纷纷闪开，

我当面认出白色的凌晨。

一九一六年，一九二八年

我的姐妹……

我的姐妹——生活至今仍像汛期的
春雨在大家身上撞得碎骨粉身，
但佩金戴玉的人高傲地抱怨，
还像燕麦地的蛇谦恭地咬人。

上了年纪的人有他们的道理，
可你的道理可笑到无须争议：
雷雨时眼睛和草坪都呈现淡紫，
天边飘来新鲜木樨草的气息。

说什么五月你去卡梅申[1]支线途中
在包厢里你把列车时刻表翻看，
那时候这张时刻表比《圣经》还恢弘，
比灰尘和暴雨弄脏的好沙发还壮观。

说什么车上的制动器刚一刹车，
朝酒气冲天的和气的乡下佬狂叫，
大家从坐垫上看：是不是我的站，
此刻太阳给我投来同情的残照。

当第三遍铃哗啦一声后远去，
带走十足的歉意：可惜不在这里。
晒焦了的夜的气息钻进窗帘来，
草原从车门的台阶溃落向星际。

---

1 卡梅申：今俄罗斯伏尔加格勒州城市。

但人们眨着眼，就地正在酣睡，

我的恋人像眨巴眼的头纱进入梦乡，

此刻我的心拍击着一个个厢台，

像一扇扇车厢小门撒落在草原上。[1]

一九一七年夏

1　本诗从开头生活的主题转入末尾无尽头旅行的主题，即永恒追求理想对象
的爱的主题。

诗的定义

这是大悲大喜的狂啸，
这是冰块击撞的放歌，
这是树叶凝霜的寒宵，
这是两只夜莺的决斗。

这是已经蔫了的甜豌豆，
这是豆荚中宇宙的泪水 [1]，
这是费加罗 [2] 从乐谱架和长笛
下冰雹般把音符撒落在心扉。

这是黑夜在海滨浴场
深深的底部迫切寻找的东西，
这是用颤抖而潮湿的手掌
将它们和星星掬进养鱼池里。

比水中木板更单调的是闷热。
天穹仿佛塌陷，像棵赤杨。
满天星斗不妨相视大笑，
宇宙本是个荒僻的地方。

1　据诗人自己解释说，这是指天宇中的星星，仿佛挂在豌豆荚的内壁上。
2　费加罗：莫扎特歌剧《费加罗的婚礼》中的主角。

哭泣的花园

可怕的雨点！——它一滴落就听一听：
　　　只有它独自在这世上
揉花边般在窗口揉树枝，
　　　还是有个目击者在一旁。

张开鼻孔的大地不堪积水的重负，
　　　正抽抽搭搭地哭泣，
但听得在远处，像是在八月，
　　　午夜正萌动在田野里。

万籁无声，旁无目击者。
　　　它确信四周一片寂寥，
便接着干——滚滚而下，
　　　沿屋顶，穿越流水槽。

我把它掬到唇边并谛听：
　　　只有我独自一个在世上，
我准备伺机哽咽一番——
　　　还是有个目击者在一旁。

但寂寂无声。树叶纹丝不动。
　　　没有任何征象，除去
可怕的吞咽声、拖鞋的溅水声
　　　和夹在中间的叹息和哭泣。

一九一七年夏

镜　子

窗间镜里一杯可可袅袅冒热气，
　　窗纱摇曳着，突然窗间镜
沿笔直的小径朝花园的方向，
　　趁风折树的混乱朝秋千飞奔。

花园里有三棵松树摇摇晃晃，
　　松脂刺痒得空气怪难受，
篱笆因烦心事把眼镜丢遍草地，
　　阴影却在那里悄悄读书。

在枝头和蜗牛身上闪闪烁烁的
　　灼热的石英像一条小径流淌，
朝后方，朝暗处，朝篱笆门外的草原，
　　朝着散发催眠药气味的方向。

巨大的花园在厅堂的窗间镜里
　　乱爬乱动——但不打碎玻璃！
从抽屉橱到柱子的响动声，
　　仿佛一切都淹没在胶棉里。

仿佛镜光的汹涌袭来
　　用不淌汗的冰浇洒一切，
好让树枝不发芽，丁香不飘香，——
　　却无法使催眠状态淹灭。

无数的世人竞相用麦斯麦催眠法，

但只有风才能够约束
那闯入生活，在棱镜中受挫，
又甘愿玩弄泪水的一切。

心灵不似矿藏可用硝石炸开，
也不像挖宝使铁锹就可以。
巨大的花园在厅堂的窗间镜里
乱爬乱动，但不打碎玻璃。

如今在处于催眠状态的祖国，
用什么也吹不灭我的眼睛。
恰似雨后花园中那些蜻蜓
凭迟钝冷漠者的眼睛爬行。

水在耳边潺潺响，黄雀啁啾着，
踮着脚尖蹦蹦跳跳，
你能用黑果越橘蹭脏黄雀的嘴，
却无法用戏谑把它们醉倒。

巨大的花园在厅内乱爬乱动，
把拳头朝窗间镜伸将过去，
奔向秋千，捕捉着，玷污着，
震撼着，却不打碎玻璃。

一九一七年夏

在这一切之前有过冬天

在镶有花边的帷幔里
有乌鸦去栖息。
在它们的身上也萌生
对严寒的恐惧。

这是十月在盘旋，
这是恐怖。
踮着爪子在向楼上
悄悄移步。

不管逢请求，遇埋怨，
大家不堪重负，
总要挥动起旗杆
替十月辩护。

树木抓住严寒的手，
沿着楼梯，
把人从住宅赶出去
忙把柴劈。

雪愈下愈厚，从河湾处——
直到商店，
人们惊呼："久违久违，
难得一见！"

它已多少回被人翻掘，

被人践踏，

年年冬天它从马蹄上

把可卡因抛撒！

它用潮湿的盐

从云端和马嚼子

消除疼痛，有如从围巾帽上

擦去污渍。

一九一七年夏

诗　歌

诗歌啊，我将以你发誓，
在生命结束时嘶哑地说：
你不是风度翩翩的阿谀者[1]，
你是三等车厢里的夏天，
你是城郊，但不是副歌。

你是窒闷如五月的驿站镇，
是舍瓦尔金诺[2]夜间的多面堡，
乌云在那里发出呻吟，
被驱散之后四散奔逃。

而在轨道的蜿蜒中分道扬镳，——
正是城郊，不是旧曲新唱——
人们从火车站各自慢腾腾回家，
不再边走边唱，而是行色匆忙。

阵雨的幼芽久久、久久地
陷在葡萄的嘟噜里，直到拂晓，
仍从屋顶诌起自己的桂冠诗[3]，
一边让水泡充当韵脚。

诗歌啊，若在创作的龙头下

1　风度翩翩的阿谀者：喻指以甜的声音为特征的浪漫主义诗歌。
2　舍瓦尔金诺：波罗金诺东南三公里处的乡村，一八一二年波罗金诺战役前夕，俄国军队曾在此挫败过拿破仑军队的进攻。
3　桂冠诗：各行第一个字母构成一个词或一句话。

陈词滥调空洞如锌铜一般，

即便如此，你的活水照样流，

你流吧！——笔记本放在下边。

一九二二年

心　灵

我的心灵，为我圈子里
所有的人们惴惴不安着，
你竟成了所有活生生地
被折磨致死的人的墓穴。

给他们的尸体涂上防腐剂，
为他们献上自己的诗章，
伴着号啕痛哭的诗情，
为他们的惨死落泪心伤。

在我们这个只顾自己的时代，
你凭靠那个能使他们的
遗骸得到安息的骨灰盒，
来捍卫良心，捍卫恐惧。

他们加在一起的痛苦，
使你低下头以额触地。
你身上散发出医院太平间
和棺材里尸体上灰土的气息。

我的心灵，公共墓地，
你好比一架粉碎机，
把在这里所见的一切
重新磨碎成为混合剂。

继续把我所经历的往事，

这不到四十年的过去

一而再再而三地磨碎吧，

使它变成墓地的腐殖质。

一九五六年

绝无仅有的时日……

在漫漫严冬的季节里，
我记得冬至前后的日子。
每个日子都不可重复，
却又重复了不知多少次。

那些绝无仅有的日子
慢慢组成了整个时段，
在那绝无仅有的日子，
我们似觉停住了时间。

我把这些日子全都记在心：
严冬过了将近一半，
道路湿起来，屋顶滴起水，
太阳晒得大冰块发暖。

相爱的人们，如在梦中，
迫不及待地相拥相亲，
在探身高空的大树的枝头，
个个椋鸟窝热得汗水流渗。

昏昏欲睡的时针和分针
已懒得在刻度盘上旋转，
可是一日长于百年，
拥抱永远没了没完。

一九五九年

库西科夫

（生于一八九六年，卒年不详）

亚历山大·鲍里索维奇·库西科夫，俄罗斯诗人，先属于未来派，后成为意象派。诗多孤独、忧伤的情调，向往神秘境界，对城市有排斥倾向，追求意象表现，更多的是注意形式的层面。二十年代初侨居国外，至今无从查询他究竟卒于何时何地。

山　林

不像忙时那样，我什么也不干，
在松树的睫毛上摇晃着思想，
心里藏着永恒，我会知晓一切，
我要用新的轴把地球苹果刺穿。

一片新奇古怪的幻想的山林，
数不胜数的诗行的奥秘的小径——
我在这里曾多次跟踪去追寻
隐忍的焦虑这个看不见的鹿踪。

啊，猫头鹰的飞行在嗖嗖呼哨中
从翅膀上脱落下多少话语，
此刻朝霞用它叶子的手掌
放下自己的财富这红色戈比。

雾霭像先知的胡须垂挂着，
我用整个心脏揣着夜晚，
捕捉那从东天堕落的星辰。
不像忙时那样，我什么也不干。

骏马黑云般从空中驰过……

骏马黑云般从空中驰过，
将金色的蹄铁抛在天庭。
蹄铁咯咯一响，震出了颤音，
马蹄下溅起花花点点的火星。

那是有人在天上丢失星星，
那是月牙儿堕落出了乌云，
阴沉的黑夜骑手勒住笼头，
暗中大胆而强劲地无畏驰骋。

舍尔申涅维奇
（一八九三年至一九四二年）

瓦季姆·加勃里艾列维奇·舍尔申涅维奇，俄国意象派始终如一的活动家，为该派的理论家，发表过八部诗集和两部诗剧。他的抒情诗充满城市的意象，喜用富有动感的动词，充斥着隐喻，用独特的重音诗体表现。

抒情动感

我要用顶层楼座般的高音呼喊您的名字
我要用正厅后排般的低音
把您的名字再一次重复
只要我的心还没有向后躺倒
我就要用我的嘴唇和您的掌心贴住。

我见到您很高兴,犹如从荒无人烟的岛上
望见了轮船喷吐的缕缕黑烟
我想给您的是那么多,但像干面包块似的
只是带给您我的
巨大的
人的爱。

您接受它吧,并用眼中的颗颗泪珠
重新敲醒如燃尽的无烟煤般的褐色的岁月
爱情对于您——就像一个天真的孩子
给可爱的叔叔
赠送他损坏了的玩具。

关心备至的叔叔懂得
这是孩子所赠的最珍贵的东西。
没有分量更大的东西对他有什么
可怪罪的
谁让他对它来说
岁数还小呢?

这是我给您的掌心带去的我的儿童玩具

被损坏了的人的爱情和静幽的诗境。

心儿在哭泣，闪着希望之光

恰是阵雨过后的铁皮屋顶。

一九一八年三月

布宁（又译蒲宁）
（一八七〇年至一九五三年）

　　伊万·阿列克谢耶维奇·布宁，杰出的俄罗斯诗人、小说家。他以现实主义传统为本，在现代主义的影响下，对诗的语言韵律和小说的题材有所革新，但不变的是歌唱美和宁静。一九二〇年起流亡法国，但他为俄罗斯文学再造辉煌，一九三三年获诺贝尔文学奖，代表作为《阿尔谢尼耶夫的一生》等。

不要用雷雨来吓唬我……

不要用雷雨来吓唬我：
隆隆的雷雨让人欣喜！
大地之上当雷雨一过，
欢快的碧空明净如洗，
万千朵花朵便会怒放，
新的美辉耀得分外鲜艳，
怒放的百花越发芬香，
怒放的百花愈加耀眼！

阴雨天不会把我吓住，
因为当我一想到生命
没尝尝痛苦，没尝尝幸福，
就将在碌碌琐事中耗尽，
当我一想到生命的力量
不用斗争和劳作就要蔫，
漫天忧郁的湿雾把太阳
将永远遮住，苦不堪言！

一八八八年

鸟儿不见了。树林在顺从地……

鸟儿不见了，树林在顺从地
凋零，稀稀落落又病恹恹，
蘑菇消失了，但在山谷里
蘑菇的潮味仍浓浓地迷漫。

密林深处变矮变亮了，
灌木丛中乱放着草堆，
因在秋雨淋浇下腐烂了，
深色的叶子变得更黑。

田野里刮着风。寒冷的冬天
忧郁而清新——我整天都在
离村镇和乡村很远的地方，
在自由自在的草原上徘徊。

被马蹄声轰得昏昏欲睡，
我带着惬意的忧伤谛听：
风用一种单调的嗡嗡声
朝枪筒里呜呜地唱个不停。

一八八九年

管风琴伴奏，内心不胜愁……

管风琴伴奏，内心不胜愁，
在哭泣在歌唱，
在满心欢喜，在满腔愤怒，
呼唤中充满悲伤：

美好而悲伤的人哪！你可要
对人世发善心！
世人吝啬、贫乏得可怜——
对善举，对恶行！

想想在被钉十字架的痛苦中
垂下脸的耶稣吧！
你心中有一些圣洁的声音，——
给它们以语言吧！

一八八九年

致祖国

祖国呵，他们对你嘲笑，
祖国呵，他们对你指责，
是因为你的一身质朴，
难以入目的简陋农舍……

像一个平静却无耻的儿子，
为自己母亲而羞愧难当——
她站在他城里朋友中间，
显得疲惫、胆怯而忧伤。

他装出一副怜悯的笑容，
望着这位远道来的女人，
为了他，为迎相会之日，
她曾经积攒下最后一文。

一八九一年

暮色渐渐暗，远天渐渐蓝……

暮色渐渐暗，远天渐渐蓝，
　　太阳缓缓地落下，
四周尽是草原，到处是
　　地里抽穗的庄稼！
闻得到蜜的芳香，正盛开
　　　一片白色的荞麦……
召唤人们做晚祷的钟声
　　　从村里悄悄传来……
在远处的小树林中间
　　　布谷鸟不停地咕咕……
谁干活后在田野里过夜，
　　谁就会感到幸福！

暮色渐渐暗，太阳落下山，
　　　只剩下晚霞的红晕……
谁领受暖风散发的晚霞情，
　　　谁就是个幸福人；
谁感知暗夜的幽暗天际
　　　繁星在温顺地闪烁，
宁静的光对他致意，
　　　谁就会感到幸福；
谁白天在地里累了就睡熟，
　　　在星空下的辽阔草原上
做一个深沉的安宁的梦，
　　　谁就会幸福无疆！

　　　　　　　　　　一八九二年

66

远天的余晖还未熄灭……

远天的余晖还未熄灭，
叶簇露光，像深花纹一样，
下边呈一色银白的花园，
闪烁其神秘又温顺的光芒：

一弯新月在天庭升起了，
胆怯得像春天的早霞一样，
在宛若镜子的水面闪亮，
在花园的枝叶之间放光。

明天黎明时它又会升起，
又会孤零零的，令我想起
我的青春，我的初恋，
你那倩影的可爱不可即……

一九〇〇年

暮　色

一派灰蒙蒙的寒雾，
在雾色中凝如轻烟，
白桦树像幽灵似的，
灰蒙蒙伫立在窗前。

屋角已神秘地暗起来，
炉子一亮，那阴影
忧郁地爬上了一切，——
这送别白昼的怅情，

这在日落时迷漫于
将熄炉灰中的怅情，
迷漫于柴烬的馨香、
昏暗或寂静的怅情，——

这寂静竟如此忧郁，
像白昼苍白的幽灵，
思虑重重地对准我
透过暮色看个不停。

一九〇三年

庄稼汉

蔚蓝的天穹轻柔而苍白，
田野在春的烟霭中栖身，
我一切开雾气，无价的神赐——
犁出的垡片便爬向摽绳。

沿着犁痕跟随着犁铧，
我留下了从容的足印，
多么开心啊，赤裸起双脚，
踩踏丝绒般的暖暖沟痕！

在黑土地的深紫的海洋里，
我像被遗忘。在我的后方，
在屋顶上闪着微光的处所，
有一股初夏的炎热在流淌。

一九〇三年至一九〇六年

俄罗斯的春天

白桦树在浅谷感到寂寞，
田野上笼罩着蒙蒙烟雾，
那泡涨了的一堆堆马粪，
把雾中大路变得黑糊糊。

在昏昏欲睡的草原小村，
正在烘烤着香喷喷的面包。
这时有两个要饭的女丐
沿小村吃力地走着乞讨。

那边，在街心，水洼、灰烬
和春天的污泥随处可见，
家家农舍有烟焦味，从外面
土台腐烂着，如袅袅生烟。

役犬 [1] 拴在生锈的锁链上，
皱着眉守在谷仓门口。
家家农舍内因烟熏而发暗，
草原上一片朦胧与平和。

唯有公鸡无忧无虑地
成天在歌唱春的到来。
田野上暖融融，令人瞌睡，
心田里溢满幸福的慵懒。

一九〇五年

1　役犬：北方非常寒冷的地方用来拉车的狗。

节 奏

挂钟在隔壁黑暗而空荡的厅里
哑哑有声地把十二点钟敲响，
一个个瞬间像在轮番地奔忙，
奔向不明，奔向忘怀和墓地。

挂钟短暂地停下奔忙的脚步，
重又清晰地刻画金色的花纹；
我因富有节奏感的遐想而出神，
重又听任驱赶我的力量摆布。

我睁开眼睛，看着明亮的光泽，
听着自己心脏均匀的脉搏，
听着这些诗行匀和地唱歌，
听着想象得出的行星的音乐。

全是节奏和奔忙。无目的的追求！
但可怕的一刹那是当追求不再有。

一九一二年

高尔基

（一八六八年至一九三六年）

马克西姆·高尔基（阿列克谢·马克西莫维奇·彼什科夫的笔名），虽然作为诗人在成就上无法与作为小说家和剧作家相比，但他毕生没有停止过写诗，还写下过如《海燕之歌》和《鹰之歌》这样一些不朽的诗篇。

海燕之歌 [1]

在白茫茫的海的平野之上，风在卷敛着阴云。在云和海的中间，傲然掠过一只海燕，像一道黑色的闪电。

一会儿用翅膀剪着浪花，一会儿像支飞箭直插云端，它喊叫着，可阴云却在这鸟儿勇敢的叫声里听到了欢乐。

在这叫声里，有的是对暴风雨的渴望！在这叫声里，阴云听到的是愤怒的力量、热情的火焰和获胜的信念。

海鸥面对临近的暴风雨呻吟着，呻吟着，在海面上逃窜，恨不得将自己对暴风雨的恐惧藏到海底去。

海鸭也在呻吟，它们这些海鸭，不配消受生的搏斗的欢乐，滚滚雷声早就把它们吓坏了。

蠢笨的企鹅怯生生地将肥胖的身躯藏进崖间……唯有那高傲的海燕，在白浪飞溅的大海上勇敢而自由地翱翔！

阴云越发阴郁而低沉地压向海面。海浪却放声歌唱，扑向高空，迎向雷霆。

雷在轰鸣。海浪愤怒得水花四溅，哼哼不平，和风争辩。看，风正紧紧地抱起排排海浪，恶狠狠地将它们猛砸在峭壁上，把那些翡翠般的庞然大物摔成水尘和飞沫。

——海燕喊叫着，翱翔着，像一道黑色的闪电，箭也似的穿透阴云，翅膀掠起浪花片片。

看！它在疾飞，像个恶魔——高傲的、黑色的恶魔，暴风雨的恶魔，它在大笑，它也在号啕……它朝阴云大笑，它欢乐得号啕！

1　在俄语原文中，《海燕之歌》并非散文诗，更不是散文，而是具有严谨的扬抑格（即每一音部中重音落在前一音节上）的抒情诗。所不同于传统格律诗之处，在于它不并列分行，只自然地分段，而且不押韵，因此，它成为一种独特的无韵自由诗。限于汉语无轻重音之分，译成汉语后便形似散文诗。《鹰之歌》在音韵上的特点与《海燕之歌》完全相同。

它这个敏感的恶魔，早就从雷霆的愤怒中听出了疲惫，它深信，乌云遮不住太阳，——是的，遮不住的！

风在呼啸……雷在轰鸣……

一堆堆阴云，在海的深渊之上燃烧，迸出蓝色的火焰。大海捉住闪电的一支支光箭，将它们熄灭在自己的深渊。这些闪电的倒影，宛似一条条火龙，在海里蜿蜒游动，并随即消失。

"暴风雨！暴风雨就要来啦！"

这是勇敢的海燕，在怒吼的大海之上，高傲地翱翔在闪电中间；这是胜利的先知在喊叫：

"让暴风雨来得更猛烈些吧！"

一九〇一年

鹰之歌

一

黄颔蛇往山上爬得高高的，在那潮湿的峡谷里躺下，蜷成一个圈，眼望着大海。

太阳高高地照在天上，山岳朝天空呼着热气，海浪在它下面拍打着岩石……

山泉冲过黑暗，溅起水珠，沿着峡谷朝大海奔泻，一路上把石子冲打得轰隆乱响……

山泉披一身白色的浪花，灰白而又强劲，切开了山，怒吼着落入海中。

突然间，在蛇盘踞的那个峡谷，从天空落下来一只苍鹰，它胸前伤痕累累，羽上血迹斑斑……

鹰短短地喊了一声后坠落地面，它以无可奈何的愤怒撞击着坚硬的岩石……

蛇大惊失色，连忙游开了，可是它立刻就意识到：这只鸟的寿命不过两三分钟罢了……

蛇游到受伤的鸟跟前，瞅着鸟的眼睛咝咝作声道："怎么，你快死了？"

"是啊，是快死了！"鹰深深叹了口气回答道，"我美美地活过来了……我懂得了幸福！……我勇敢地战斗过了！……我见过天……你不会这么近地看见天的……你呀，真是条可怜虫！"

"哼，天空算得了什么？——一块空荡荡的地方……我在那儿怎么好爬呢？我在这里不是挺好吗……又暖和，又潮湿！"

蛇就这样回答了自由的鸟，并在心里嘲笑它说的那些妄言。

蛇便这样想："飞也好，爬也好，结局都是明摆着的：大家都要躺进黄土，大家都会成为尸骨……"

可是勇敢的鹰突然抖了抖翅膀，微微欠一欠身，用眼睛扫视了一下峡谷。水从灰色的岩石缝滴渗出来，阴暗的峡谷非常憋闷，还散发出一股霉烂的气味。

鹰使出了浑身的力气，悲哀而痛苦地叫道："啊，要是我还能哪怕再飞上天去一次该有多好啊！……我便会把敌人压在……我胸脯的伤口上……它便会给我的鲜血呛死！……啊，战斗的幸福啊！……"

蛇想了想："既然它这般呻吟着，想必天上真的可以美美地待上一阵子吧……"

于是蛇向自由的鸟提议："你呀，朝峡谷边上挪动一下就往下跳，兴许，翅膀还能把你举起来，你还可以在你的小天地里活上一阵子。"

鹰颤抖了一下，高傲地喊了一声，从岩石黏液般的青苔上往下滑去。

而鹰自己也像块石头，迅速往下坠落，折断了翅膀，扯坏了羽毛……

山泉的波涛把它截住，把它身上的血迹洗掉后裹在水花中，载着它朝海洋奔驰而去。

海浪哀嚎着，拍打着岩石……鸟的尸体便在海的空间里消失了……

二

黄颌蛇躺在峡谷里久久地思量着鸟的死，思量着向往天空的热情。

于是它望了一眼那个老是以幸福的遐想抚慰它的眼睛的远方。

"它，死去的鹰，在这无底又无边的荒原上看见了什么呢？为什么像它那样的鸟死了之后还以对天空的向往来困扰我的心灵呢？而我只消哪怕短暂地飞上天去，便可以知道这一切了。"

它说了，也就做了。它蜷成一个圈，往空中一跳，像一根细带子在阳光下闪亮了一下。

天生是爬的，就飞不了！……它忘记了这层道理，跌在岩石上面了。不过它并没有摔死。反倒大笑了起来……

"原来这就是朝天空飞翔的妙处所在！妙就妙在跌落！……这些可笑的鸟儿啊！它们不懂得土地，在土地上闷得发慌，便一心想高高地飞上天去，在那炎热的荒原上寻找生命。那儿只是空空的。那儿光多得很，可没有食物，也没有支撑身体的东西。何必要骄傲呢？何必要责备呢？是为了用骄傲掩饰自己心愿的狂妄，掩饰自己对生活大业的无能为力吗？可笑的鸟啊！……不过，如今它讲的话再也骗不过我了！我自己全都明白了！我——看见过天空了……我往天上起飞过了，我探测过天空了，尝到过跌落的滋味，不过我并没有摔死，只是更坚信自己罢了。让那些不能爱土地的人靠幻觉活下去吧。我懂得真理。我决不相信它们的号召。我是大地的造物，我也靠大地活着。"

于是蛇得意洋洋地在石头上盘成一个线球。

海辉耀着，沉浸在灿烂的阳光里，波浪猛烈地拍打着海岸。

在海浪的狮吼般的啸声中，一曲高傲的鸟之歌响彻长空，岩石听了海浪的拍打直发抖，天空听了威严的歌声直发抖，它唱着：

"我们歌颂勇士们的狂妄！

"勇士们的狂妄才是人生的真谛！啊！勇敢的鹰啊！你在和敌人的搏斗中流尽了血……可是有朝一日，你那一腔热血点点滴滴都将像火花一样，在人生的黑暗中闪亮，多少颗勇敢的心将燃起对自由、对光明的渴望！

"你固然死了！……可是，在勇敢、刚强的人们的歌声中，你永远是个活生生的榜样，永远是个追求自由、追求光明的值得骄傲的召唤！

"我们歌颂勇士们的狂妄！……"

一八九五年

别德内

（一八八三年至一九四五年）

杰米扬·别德内（叶菲姆·阿列克谢耶维·普里德沃洛夫的笔名），俄罗斯诗人，一九二三年苏联政府因他对新政权的巨大贡献而授予他红旗勋章。他的诗通俗易懂，针砭时弊，作为无产阶级诗人的代表，他在工农兵中享有很高的声誉。

我的诗章

我歌唱。难道我在"歌唱"？

我的嗓音在战斗中变粗，

我的诗章……无华而朴素。

并非在亮丽的露天舞台上，面对激动而暗哑的"纯粹听众"的

小提琴伴奏下悦耳动人的呻吟。

我提高我的嗓门——

低沉、发颤、嘲讽、愤怒的声音。

身背着沉重遗产的该死的重负，

我不是缪斯的仆人：

我刚健、工整的诗章是我每天的功绩。

唯有你的判决对我最重要，

唯有你是我率直坦诚的法官，因为我是你愿望和思绪的重视表达

　　者，

因为我是守卫你黑暗角落的"警犬"！

一九一七年

克留耶夫

（一八八四年至一九三七年）

尼古拉·阿历克谢耶维奇·克留耶夫，新农民诗歌流派最有影响的代表，他的诗富有宗法制农民生活气息和宗教色彩，对叶赛宁产生过影响。他因供认"认为工业化政策破坏了俄罗斯人们生活的基础和美"，而在一九三七年的"肃反"运动中被镇压。

遗　嘱

不祥的时刻，入土的时刻，
我求你的事只一件：
莫要以万般无奈的忧伤，
望着那朝霞升东天。

你要信守我这遗言，
擦掉羞怯的眼泪，
望着黎明的曙光时，
你定要兴高采烈。

可不要忘记：在阴沉的远方，
有一事动人心怀：
我趁着霞光，行新婚似的
登上那座断头台；

可不要忘记：强压剧痛，
别理睬生活的谎言，
我这颗咒骂火焰的心
落下霞光中的海面。

一九一一年至一九一二年

我待在家里……

我待在家里。远方近处
迎接我的是幽暗的寂静。
隔墙有个暖炕紧挨着，
几个老婆子边吃边打盹。

暴风雪可吵醒不了她们，
连兽叫、人喊也都一样……
听！火筷正和女家神
喃喃絮语在那火炉旁。

可了不得。像纺线的亚麻梭，
雄松鸡在杆上振翅扑腾，
便抖落积雪的细细绒毛——
活力四射的四月的先征。

一九一三年

叶赛宁

（一八九五年至一九二五年）

　　谢尔盖·亚历山德罗维奇·叶赛宁，二十世纪最有影响力的俄罗斯诗人和苏维埃诗歌奠基人之一。从文化背景和灵感源泉分，常把他划入新农民诗人，他视克留耶夫为兄长，"把最新的象征主义与模拟民间口头文学风格相结合"。从他爱用意象手法和一度被推举为意象派首领而言，他历来被看作意象派。但从他的天赋气质和最终艺术成就定论，"伟大的俄罗斯民族诗人"（高尔基语）才是他的真正归属。

夜

河水悄悄流入梦乡了，
幽暗的松林失去喧响，
夜莺的歌声沉寂了，
长脚秧鸡不再欢嚷。

夜来了，寂静笼盖周围，
只听得溪水轻轻地歌唱。
明月洒下它的光辉，
给四下的一切披上银装。

大河银星闪耀，
小溪银波微漾。
灌溉过的草原的青草，
也闪着银色光芒。

夜来了，寂静笼盖周围，
大自然沉浸在梦乡。
明月洒下它的光辉，
给四下的一切披上银装。

一九一一年至一九一二年

可爱的家乡啊！心魂总梦怀……

可爱的家乡啊！心魂总梦怀
水面上那禾垛般的阳光点点。
我真想从此永远消隐在
你万籁交响的绿色乐园。

在重新垛垛的禾场，沿地界，
有木樨草和三叶草的法衣。
柳树，一群温顺的修女，
不断扬起数念珠的声息。

沼泽地正在吞霾吐雾，
天上的秤杆烧出了焦烟。
我把对一个人的思念
悄悄隐藏在自己心间。

我面对一切，承受一切，
高兴和幸运地捧出心曲，
如今我来到这个人世，
是为了快一点别它而去。

一九一四年

狗之歌 [1]

清早，在黑麦秸搭的狗窝里，
一排金灿灿的蒲席上头，
母狗生下了七只狗崽——
七只清一色棕红色的小狗。

表示爱抚，从早直到晚，
母狗用舌头把它们舔梳，
像融化的雪一般的乳汁，
在它暖烘烘的肚皮下淌流。

可到了晚上，当一只只鸡
跳上炉口前的小台去夜宿，
走出来一位阴沉沉的主人，
往麻袋装进全部七只小狗。

母狗沿一个个雪堆奔跑，
紧紧跟踪在主人的身后……
还没结冰的平静的河面，
就这样久久、久久地颤抖。

1　一九二二年五月十七日叶赛宁在柏林阿·托尔斯泰的寓所向高尔基朗诵了
《狗之歌》，高尔基深受感动地说："谢尔盖·叶赛宁与其说是个人，不如
说是造化特意为诗歌，为表达绵绵不绝的'田野的悲哀'，表达对一切动
物之爱和恻隐之心（人比万物更配领受它）而创造出来的一架管风琴。"
后来他还在文中称叶赛宁为"俄罗斯文学中头一个如此巧妙、用如此真挚
的爱来描写动物的人"。

当母狗踉踉跄跄地往前走，
一边舔着两肋淌下的汗流，
农舍上空悬挂的一钩残月，
在它眼里也变成一只小狗。

母狗对着这幽蓝的高空，
眼巴巴望着，哀号不休。
淡淡的月牙轻轻溜走了，
藏到了田野小丘的背后。

恰似有人投去戏弄的石头，
母狗却当作施舍物接受，
泪水便暗暗朝雪地滚落，
仿佛正陨落金色的星斗。

一九一五年

我又回这里我的老家……

我又回这里我的老家，
我的故乡，你沉思而温柔！
你那满头鬈发的黄昏，
在山后挥动着雪白的手。

阴晦的日子两鬓斑白，
从身旁飘过，披头散发，
夜晚的哀愁频频袭来，
搅得我心波平静不下。

在个个教堂圆圆的头顶，
晚霞投下了更低的光芒。
往昔曾一起欢娱的友人，
我再也见不着你们脸庞。

年光沉入了忘怀的大海，
你们也跟随它不知去向。
只有那一泓清清的流水，
在鼓翼的磨坊车下喧响。

我常常全身被暮色笼罩，
耳听着香蒲折裂的声音，
朝烟雾缭绕的大地祝祷
一去不复返的远方的友人。

一九一六年六月

在永远沉睡着奥秘的地方……

在永远沉睡着奥秘的地方，
有一片非尘世的田野在望。
人间啊，我不过是一名过客，
此刻在你的山地上游荡。

森林和河流宽阔无际，
大气的翅膀挥动有力，
但众多天体的运行却使得
你的世纪和流年不清晰。

亲吻我的并不是你，
我的命运也与你不相干。
我被安排了另一条道路：
从夕阳西沉到日出东山。

亘古以来就命定我要
向寂静无声的黑暗飞升。
在诀别的时刻我不会把
任何东西留给任何人。

但为你的宁静，我要从星际，
朝那个睡着雷电的房间，
在深渊之上点燃起我的
大如双月的永不熄灭的眼。

一九一七年

四旬祭 [1]

献给安·马里延戈夫 [2]

一

毁灭的号角吹响了，吹响了！

我们如今可怎么办，怎么办，

在这肮脏无比的路的大腿上？

你们，喜欢在诗中捉跳蚤 [3] 的人，

是否也要……

那温顺的嘴脸真让人腻味，

喜欢不喜欢，你都得领受。

幸好薄暮正逗弄着我们，

1　"四旬祭"是东正教中为亡人在其死后四十天内所做的追荐仪式，本诗用
之抒发诗人为逝去的"乡村罗斯"所经受的痛苦万状的心态。诗人写此诗
时已从"庄稼汉的天堂"堕入到对城乡关系感到迷惘的"精神危机"的深
渊。"铁马"（城市的象征）战胜了"活马"（乡村的象征）这一痛苦的真
理使诗人不禁唱出了"乡村罗斯"的挽歌。凄怆的情调发自为农民、乡村
和大自然忧虑的一颗火辣辣的心，这就赋予了本诗悲剧的色调。二十年代
初，诗人在一次文学晚会上朗诵此诗，一片嘘声曾几次打断它，但晚会主
持人、著名诗人及评论家勃留索夫却严肃地对在座的听众指出："我可以
断定，叶赛宁这首诗是近两三年俄罗斯诗苑出现的诗作中的佼佼者。"西
方至今有人甚至认为此诗是"整个俄罗斯诗歌的顶峰"。如果说，叶赛宁
走向现实主义是经过意象主义的，那么，《四旬祭》中确实留下了不少意
象主义的痕迹。

2　安纳托利·鲍利索维奇·马里延戈夫（一八九七年至一九六二年），俄国
意象派团体的创始人和理论家之一，叶赛宁曾与他关系密切，后又断交。

3　一语双关，既有"吹毛求疵"的成语含义，也有对污染着农村的机器的暗
喻，都具有挑战的意味。

用染满鲜血的晚霞的扫帚，
朝我们肥满的屁股狠狠抽。

初寒不久将撒一层霜灰，
染白那个镇和这片草地，
我们无处可躲开毁灭，
我们无处可逃往避敌。
你瞧它，腆着铁的肚皮，
将巴掌朝平原的咽喉伸去。

古老的风磨摆动着耳朵，
磨面的嗅觉嗅出了异样，
场院里沉默不语的公牛，
早把精髓注到母牛身上，
它在篱笆柱上擦拭舌头，
预感田野上迷漫的祸殃。

二

啊，莫非因此才在村外
手风琴这般地如诉似泣：
一阵阵哀哀切切的声音，
好像在白色窗台上挂起。
金黄的秋风莫非因此才
掀动起蓝天上的涟漪，
把败叶从枫树摇落下来，
仿佛用铁刷把马身梳理。
这可怕的使者走着，走着，
用密林的脚掌把一切践踏。
伴着麦秸里青蛙的尖叫，

歌声越发缠绵扰人。

啊，电力的应运升腾，

皮带和铁管悄悄掐紧，

好一场钢铁的寒热病，

使农舍的木肚子颤动！

三

您可曾见过：

一列铁的列车

用铁爪在草原上奔驰，

用铁鼻孔打着响鼻儿，

在湖泊的迷雾中隐没？

还可曾见它背后

有一头红鬃马驹跑跳着

穿过一路的草丛，

把纤细的前腿抬近头部，

宛如节日里赛马的角逐？

可爱而又可笑的傻瓜，

它往哪儿追，朝哪儿赶呀？

莫非它还不知道

铁马已战胜活马？

莫非并不知道它的奔跑

在这暗无天光的田野上

无法追回贝琴涅戈人[1] 愿用两个

草原俄罗斯美人换匹马的时光？

命运在市场上用新的色调涂染

---

1 贝琴涅戈人：十四至十六世纪游牧在东南欧的突厥裔的古老民族。

我们那咬牙切齿吵醒的水面，
如今用几千普特的马皮和马肉
才能买上一辆火车头。

四

去你的吧，该死的客人！
我们的歌跟你永不会合拍。
只可惜童年时没能把你
像水桶一般在井里淹埋。
如今水桶们倒大可站着，望着，
在铁皮的吻中美化着嘴巴，——
不过我这个诵经士还得
在祖国的上空唱哈利路亚[1]。
无怪乎在九月的阴雨天，
草莓的浆果要将它的头
在篱笆上撞个粉碎溅满血，
落在了干燥冰冷的泥土。
无怪乎会有一股子忧伤
钻进嘹亮手风琴的欢音；
一个散发麦秸味的农夫
才把烈性白酒一饮而尽。

一九二○年八月

---

1 哈利路亚：祷告中赞美上帝之辞。这里比喻吹捧、唱赞歌。

给一个女人的信 [1]

您记得吧，

您当然什么都记得，

记得我曾经

身靠墙壁站着，

您激动得在我房间里走来走去，

还朝着我的脸

投去厉声的斥责。

您说道：

我们已该分道扬镳，

那种放荡的生活

已苦苦地把您折磨，

您已该做点儿正经事了，

而我的命运——却是继续往下坠落。

亲爱的！

您当时不爱我呀，

您不知我在那一大群人中

是一匹由大胆的骑手驾驭的

被驱赶得大汗淋漓的马。

您不知道

---

1 这是诗人献给自己已离婚的结发妻子拉伊赫（一八九四年至一九三九年）的，作者以悔恨与怅惘的心情回顾了自己经历的精神危机和与她聚散的过程，从一个重要的侧面反映了叶赛宁思想矛盾的苦难历程。

一片烟雾使得我扑朔迷离，
风暴使我的生活翻天转地，
我痛苦极了，
因为我不明白
不祥的事变要把我引向哪里。

脸对着脸，
面容难辨，
大事远看才可见。
当平静的海面沸腾起来时，
大船就面临着覆没的危险。

大地像条大船！
有一个人忽然间
为着新的生活、新的光荣，
威严地把它引向
风雪交加的深海之中。

我们中有谁在大船的甲板上
没有跌倒，没有呕吐，没有骂娘？
很少有人凭着老练的心，
在颠簸中仍然那样坚强。

当时就连我
也在粗野的喧嚣声中，
尽管对职责十分清楚，
却走下了大船的底舱，
为了不看人们的呕吐。

这个舱底就是

俄罗斯的酒馆。

我俯身在杯子上边，

为着对谁也不眷恋，

在纵酒烂醉当中

将自身断送。

亲爱的！

我使您痛苦不安，

在您那双疲惫的眼里

流露出几分惆怅：

我在您面前为了壮壮观瞻，

竟在丑闻中耗尽了自己的力量。

但您不知道，

一片烟雾使得我扑朔迷离，

风暴使我的生活翻天转地，

我痛苦极了，

因为我不明白

不祥的事变要把我引向哪里……

……

如今那些岁月已经逝去，

我年华也已今非昔比，

我用另外的方式思考和感受，

在节日祝酒时我说：

赞美和荣誉应该归舵手[1]！

如今我

1　指列宁，叶赛宁在《大地的船长》中描绘了列宁所充当的大地的船长和舵手的光荣角色。

在温柔的感情的冲动下，
记起了您那忧郁的倦容，
如今我
急着要告诉您：
我曾经是个什么样子，
我又成为怎样一个人。

亲爱的！
我很愉快地告诉您：
我幸免了从悬崖坠身。
如今在苏维埃国家里，
我是最狂热的同路人[1]。

我已经不再是
当年的那个人，
我不会再像从前那样
来折磨您的心灵。
为了自由、
光辉劳动的旗帜，
即使走到英吉利海峡我也甘心。

请原谅我……
我知道：您已不是从前的您了，
您已经和那位
严肃的、聪明的丈夫[2]生活在一道；
您已经不需要我们之间的烦恼，
我自己也清楚，

---

1 同路人：当时倾向革命的知识分子以此自称。
2 指梅耶荷德（一八七四年至一九四○年），苏联著名导演，拉伊赫与叶赛宁离婚后即改嫁于他。

对于您我已经不再需要。

在更新了的门廊覆盖下，
您按星辰指引的那样
生活吧。
向您致敬，
永远铭记您的
老相识
　　谢尔盖·叶赛宁。

　　　　　　　　　　一九二四年

金色的小树林不再说话了……

金色的小树林不再说话了，
听不见白桦欢快的语言，
鹤群满怀忧伤地飞去了，
对谁也不会再依依眷恋。

眷恋谁啊？世人都是过客，
去了又来，再辞别家门。
伴着淡蓝色池塘上空的圆月，
大麻田梦怀着所有的离人。

我独自伫立在光裸的原野，
风儿把鹤群送往远方，
我遥想欢快的青春岁月，
但对于往事我毫不惆怅。

我并不悔恨蹉跎的年华，
我并不惋惜心灵的丁香[1]。
园中那红似篝火的花楸，
温暖不了任何人的心房。

红透的花楸并不会烧焦，
发黄的小草并不会枯死。
我口中吐出忧伤的话儿，
像树木悄然落下了叶子。

1　指心灵美好的憧憬。

倘若时光刮过像阵风，

把话儿将当成废物收敛……

请对它 [1]……说：金色的小树林

已不再倾吐心爱的语言。

一九二四年

1　指时光，这行诗的潜台词是：既然时光无情，心爱的语言何必向它倾吐呢，
还是保持沉默为好。这与第一诗节紧密配合，整首诗流露出对时局的失
望，但又不便明说。

莎甘奈啊，我的莎甘奈……[1]

莎甘奈啊，我的莎甘奈！
莫非我生在北国心向北，
愿把那田野向你来描绘：
月光下黑麦浪一样摇摆。
莎甘奈啊，我的莎甘奈。

莫非我生在北国心向北，
那里月亮也要大一百倍，
无论设拉子有多么的美，
不会比梁赞的沃野更可爱，
莫非我生在北国心向北。

愿把那田野向你来描绘，
我的头发从黑麦里撷采，
你愿意，就用手指缠起来！
我一点也不会觉得疼痛，
愿把那田野向你来描绘。

月光下黑麦浪一样摇摆，
从我的鬈发你猜得出来。
亲爱的，开个玩笑，微笑吧！
只是别唤醒我忆旧的情怀：
月光下黑麦浪一样摇摆。

---

1 莎甘奈是诗人虚构的抒情倾诉的对谈者。她的原型是巴库巴统市的一位中
  学女教师，和诗人仅有一面之交。

莎甘奈啊，我的莎甘奈！

在北国也有一个姑娘在 [1]，

她长得跟你出奇的相像，

也许她正在把我怀想……

莎甘奈啊，我的莎甘奈。

一九二四年

---

1 有人认为是指别尼斯拉夫斯卡娅，她与叶赛宁的关系非常密切，叶赛宁未
  能娶她，她于叶赛宁逝世一周年时，开枪自尽于他的墓上。

我漫步在山谷小道。后脑勺戴顶鸭舌帽……

我漫步在山谷小道。后脑勺戴顶鸭舌帽，
羊皮手套里是我黑黝黝的手，
远处闪亮着玫瑰色的草原，
静静流淌着蓝莹莹的大河。

我是个无忧无虑的小伙子，一无所求。
但求听听歌曲——用心来应和，
但求轻松的凉意流遍周身，
但求青春的腰身不会折。

我走出大路，走下斜坡——
那里不知有多少农夫和村妇穿着盛装！
耙子唰唰响，镰刀尖声叫……
"喂，诗人，你听着，你是体弱还是身强？

"在人间更惬意些，别再在天上飘游，
你既然爱山谷，那就该爱劳动。
难道你不是乡下人，不是农民？
快挥一挥镰刀，展现你的热情。"

唉，笔尖并不是耙子，镰刀当不了钢笔，
但它把诗行描摹得很不坏。
在春天的阳光和云彩之下，
人们读它可在任何年代。

去他的吧，我脱下英式的上装。

好吧，给我把镰刀，给你们瞧瞧——

难道我不是你们亲近的人，

难道我没把对乡村的回忆当珍宝？

坑洼我不在乎，草墩子我不在乎。

多好啊，使用镰刀冒着晨雾，

沿着山谷抒写出绿草的诗行，

让马匹和羊只也能把它们阅读。

这些诗行中有歌曲，这些诗行中有话语。

因为每一头母牛阅读它们，

会付出温热乐意的奶水作为回报，

所以我就乐意不再去想任何人。

一九二五年

再见吧再见，我的朋友……

再见吧再见，我的朋友，
我的亲爱的，你常在我心头。
命中注定的这次离别，
为你我许诺来世的聚首。

不告而别了，我的朋友，
别难过，莫要紧锁眉头：
这样活着，死并不新鲜，
但更新鲜的活着也难求。

一九二五年

安娜·斯涅金娜（节选）

……
"不……
不过是一封信。
亲爱的，你别着急。
差不多还在两个多月前，
我从邮局带回到家里。"

我拆开……读着……当然啰！
这还能是从哪里来的呀！
上面打着伦敦的印戳，
写的字迹是那样潇洒。
"您健在吧？……我很高兴……
我也健在，和您一样，
我常梦见那篱笆和篱笆门，
您的话儿也在我耳际回响。
如今我离您十分遥远……
现在俄国正是四月天。
在那白桦和云杉之上，
有一层蓝色的薄雾迷漫。
此时此地，我往信里
寄托着忧伤不堪的话语，
您也许正在和磨坊主打鸟，
侧耳倾听山鸡的鸣啼。
我常常到码头上去，
不知是高兴还是恐惧，
我在各国的船舰中间，

越来越注视苏维埃的红旗。

如今那里已经获得威力。

我的道路已清晰可见……

但您仍像从前那样可爱，

如同祖国，如同春天。……"

这是封普普通通的信，

说来也怪，

我一辈子也写不出来。

我按老习惯拿着羊皮袄

走向我歇夜的那间干草房。

我穿过枝叶茂密的花园，

丁香花触着了我的脸庞。

在我的燃起激情的目光里，

老态龙钟的篱笆亲切异常。

从前在那扇篱笆门边——

正当我十六岁的年龄——

一位身穿白色披肩的姑娘

对我温柔地说出一声"不成"！

多么遥远而亲切的年华啊！……

那倩影并没有在我心中消失……

那年月我们全爱过别人。

不过当然，

人们也爱过我们。

　　　　　　一九二五年一月于巴统

茨维塔耶娃
（一八九二年至一九四一年）

　　玛琳娜·伊万诺夫娜·茨维塔耶娃，二十世纪最富创造性的俄罗斯诗人之一。她认为"心灵的禀赋和语言的均衡就是诗人"，主张广采博收，将俄罗斯民族诗歌传统与西方现代主义诗歌风格有机融合，自成一格。女诗人于二十年代初侨居国外，一九三九年回国，一九四一年因感到绝望而自杀。

心灵与名字

只要舞会还笑绽着华灯，
心灵便无法平静下来。
但上帝给我另一个芳名：
它叫大海，它叫大海！

华尔兹翩翩，伴叹息声声，
我怎能够把忧伤忘怀。
但上帝给我另一些幻影：
它是大海，它是大海！

诱人的大厅歌吟着华灯，
唱着，唤着，闪亮着光彩。
但上帝给我另一个心灵：
它像大海，它像大海！

一九一一年

在天国

往事的回忆紧压我肩膀，
在天国我仍要诉哭人寰，
我俩再次重逢时我不会
把旧话隐瞒。

在天国，天使成群地飞翔，
有竖琴、百合花和童声合唱，
一切都平静，我将不安地
捕捉你的目光。

独自在纯洁严峻的少女中，
我含笑目送天国的幻象，
尘俗而外来的我将要把
人间曲唱一唱。

往事的回忆紧压我肩膀，
时间一到，止不住泪汪汪……
我们无须在何处再相逢，
并非为相见才醒在天堂！

一九一一年

在十二月初降临的幸福……

在十二月初降临的幸福，
持续了一瞬。
那是真正的第一次幸福，
不来自书本！

在一月初降临的不幸，
持续了一小时。
那是真正的莫大的不幸，
也是第一次！

一九一一年

你走来，步态和我相似……

你走来，步态和我相似，
俯视着你的那双眼睛，
我也低垂过我的眸子！
过路人，请在这儿停一停！

你先采上一束五虎草
和罂粟花，再把碑文读一读：
我叫玛琳娜·茨维塔耶娃，
我曾经活过几多岁数。

可别以为这是座坟墓，
我一出现会吓你一跳……
我这个人过分地喜欢
不该笑时笑上一笑！

血液常涌到我的肌肤，
头上漂浮着卷曲的秀发……
我原也在世上生活过，过路人！
过路人，请在这儿停一下！

你先摘一些野草的茎，
然后再采上一点野果，
墓地上长的这种草莓
既大又甜，最为可口。

只是你可别忧郁地伫立，

别把脑袋耷拉到胸上，
轻轻松松地想念我吧，
轻轻松松地把我遗忘。

阳光照耀得你多灿烂！
你浑身沐浴着金色的光霭……
但愿我发自九泉的声音
并不会困扰你的情怀。

一九一三年五月三日

我喜欢您相思的不是我……[1]

我喜欢您相思的不是我……
我高兴我不是为您倾倒，
我乐意叫沉甸甸的地球
永不飘离开我的双脚。
我情愿可笑和放荡不羁，
但不想对人将词藻耍弄，
不想衣袖才轻轻地一挨，
就任凭爱浪翻腾得脸红。

我还喜欢看您当着我面
平静地拥抱别的女人，
可别让我在地狱之火上，
因吻的不是您而被焚，
亲爱的，我愿白天或夜晚
都别提我的芳名——徒然……
我愿永不在教堂的宁静里，
对我们把哈利路亚诵念。

我要用心并用手来感谢您，
多谢您对我这般痴情：
只为我夜晚能得到安宁，
只为我俩极少幽会在黄昏，
只为月下我俩不曾共漫步，

---

1 这是茨维塔耶娃献给马夫里基·朋茨（一八八六年至一九一七年）的，他
后来成为诗人的妹妹阿纳斯塔西亚·茨维塔耶娃的丈夫。

只为艳阳没对我俩同照耀，
只为您思恋的可惜并非我，
只为我可惜没有为您倾倒！

一九一五年五月三日

献给勃洛克的诗（选译）

一

你的名字是手中的小鸟，
你的名字是舌上的薄冰。
来自这双唇仅有的一动，
你的名字五个字母拼成[1]。
是飞驰中被接住的小球，
是嘴巴里安放着的银铃。

一块扔进了池塘的石头，
也会像呼唤你那样啜泣。
在夜间的马蹄嘚嘚声中，
你洪亮的名字震撼大地。
呼唤它进我们的太阳穴的，
还有那咔嚓一响的扳机。

你的名字呵，难以形容！
你的名字是对眼睛的吻，
对柔冷滞凝的眼皮的吻，
是一口清凉的浅蓝的甘泉，
念你的名字，梦变得深沉。

四

野兽需要的是洞穴，

---

1 勃洛克——Блок 是四个字母，诗中被变格为 Блоку，为五个字母。

旅人需要的是大路，
死者需要的是灵车，
人人需要的是所求。
女人需要的是狡狯，
沙皇需要的是统治，
我所需要的是赞美，
赞美一番你的名字。

一九一六年

窗户只有一半敞着……

窗户只有一半敞着，
心灵只有一半裸露。
我们把另一半也打开吧，
开启那另一半窗户！

一九二〇年五月

爱　情

它是刀？是火？
谦虚点吧，——过于装腔！

它是痛苦，熟悉得像手掌之于眼睛，
像亲生孩儿的名字
挂在母亲的嘴上。

一九二四年

恶魔在我身上……

恶魔在我身上
还活着，没有死去！
在体内——如在船舱，
在自身——如在监狱。

世界——是高墙。
出口——一把斧。
（"世界——像舞台"，
演员这样倾诉，）

瘸腿的丑角，
就装不了假。
在体内——像裹着荣耀，
在体内——像穿着托加。

祝您长命百岁！
还平安，就保重吧！
只不过诗人们
身材魁梧——但如满身是谎话！

不，我们这帮诗友，
不该玩忽光阴，
在体内，如在父辈的
棉长袍里藏身。

我们该领受更好的一切，

却在温室里凋落。

在体内——像躲在马厩，

在自身——像置于热锅。

我们贮存不了

易逝的壮景美色，

在体内——如陷入池塘，

在体内——如埋在墓穴。

在体内——如正在边地

流放。——诗人已变蔫！

在太阳穴——如夹在

戴上假面的老虎钳中间。

一九二五年五月

祖　国

啊，多艰深难解的语言！
通俗点该多好——想想看，
庄稼汉在我之前就唱过：
"俄罗斯，我的祖国！"

而且打从卡卢加丘陵 [1] 起，
它一直在我眼前展拓——
远方，千里迢迢的远方！
我的异域，我的祖国！

那个天生似痛苦的远方，
是贴心的祖国和缠身的命运，
远远近近，无论到哪里，
我总要把它携带在身。

那个使咫尺变天涯的地方，
那个说着"归来吧！"的远方，
它到处，直到高天的星星，
都在拍摄我的身影！

我就是为此在孩子的额上
泼洒比水更蔚蓝的远方。

你啊，我纵然断去这只手，

1　卡卢加丘陵：位于莫斯科西南不远处，女诗人是莫斯科人，用此暗示故乡。

哪怕一双，定用唇做手

写上断头台：我风风雨雨之地——

是我的骄傲。我的祖国！

一九三二年

霍达谢维奇
（一八八六年至一九三九年）

　　弗拉修斯拉夫·费利齐安诺维奇·霍达谢维奇，是一位风格独特的俄罗斯诗人，一九二二年以后成为俄侨诗人。他的代表作《沉重的竖琴》（诗集）对俄罗斯文学心理描写传统的继承和发扬折服了高尔基，受到别雷、纳博科夫等人的推崇，他的诗既有古典韵味，又富现代气息；他开始先与象征派接近，但并未与世俗隔绝，后与阿克梅派有某些共同追求，但致力于使两个世纪最优秀的传统相互融合，不能把他归入任何一个现代主义流派。

溪　流

你看那个太阳
用它正午的魅力
诱惑干涸着的溪流，
而溪流低语和叹息，
在裸露的乱石中间，
在奔跑中愈益乏力。

傍晚，年轻的旅人
哼着歌来到这里；
把手杖放在沙土上，
他用手将水舀取，
并饮着——在夜间溪流中，
对命运还不明底细。

一九一六年

寻找我吧

在透亮儿的春光里找我的身影。
我全身像隐约地一振双翼，
我是声响、叹息、镶木地板的光影，
我轻过光影，它就在我驻足过之地。

可是，我们永不分离，我至死不渝的朋友！
听，我在这里。你那怦然心动的
伸进白昼流焰的双手，
将我如此轻柔地触摸。

且慢。仿佛不经意地闭上你的双眼。
还有对我的一份执着——
在两只隐约抖颤的手指尖，
也许，我定将让火苗闪烁。

现代部分

（二十至二十一世纪俄苏诗歌的纵横交织）

英贝尔

（一八九〇年至一九七二年）

　　维拉·米哈伊洛夫娜·英贝尔，杰出的俄罗斯女诗人，早期风格接近阿赫玛托娃，抒情十分细腻。她的诗又富含阳刚之美，卫国战争期间写出的长诗《普尔科沃子午线》是她不朽的代表作。

普尔科沃子午线（节选）

第一章　我们是人道主义者

一

清早有颗成吨重的炸弹

飞落在医院楼房间的过道，

飞落在金色树丛的叶间，

飞落在秋鸟啁啾的一角。

它落下，却没有爆炸：这炸弹

比扔去死亡的人还慈善。

二

这里有医院、病房、医疗站，

有红的十字徽和白的套衫；

这里连空气都给同情心焐暖。

这里的石膏板用身子遮掩

一个个被打穿了的胸膛，

连刀剑都不敢把它们刺伤。

三

但希特勒竟用血和铁烧毁

这种种定规，把静谧的病室

变成了一座全身抽搐的地狱。

一个戴着假腿刚康复的勇士，

曾经出色地打过胜仗，可现在

面对着死亡，脸色顿显苍白。

四

这里是一个急诊室的前厅……

多少个受难者！他们刚被抬到。

这一个个面容、声音……难以言状！

一个没了眼的姑娘失声号啕，

（两只眼睛塞满了玻璃碴子，）

痛苦的原因是她没有能死！

五

法西斯！我们和平的家园

和这些法西斯有什么相干？

在那里过着有意义的生活，

书桌旁曾驰过多少个夜晚！

而今断壁残垣在空中悬挂，

其中还残存着几个书架。

六

和平的俄罗斯山谷、荷兰花园、

挪威乡村对法西斯有什么意义？

果树、江河的码头、海滨防波堤

跟法西斯分子又有什么相干？

这一切——是空袭的靶子罢了，

这一切——只变作破坏的目标。

七

飞行的本领！……这稀世的才能，

这由天才头脑所孕育的幻想。

难道那位青年伊卡洛斯¹

初次驾着蜡翼冲向太阳，

是为了让死神借"梅塞施米特"²的翅膀

向现代的克里特岛临降？

八

难道意大利人列奥纳尔德³

竭力钻研翅膀的机械结构，

是为了在我们今天的柏林

让法西斯飞机起航后

朝着笛卡尔和林奈时代修筑的

大学林荫道俯冲而去？

九

天空的景色多么可怕、怪异！

每当夜战时分，高射炮手

对探照灯手说了声："开灯！"

一条苍白的光柱像只可怕的手

腾空而起，把敌人寻找，

乌云的孔穴闷声地喷射着火苗。

十

找到了敌机，是在乌云背后找到的。

把它击落了！让它来个头栽地！

让它的马达狂吼一气，

1　伊卡洛斯：希腊神话中代达罗斯之子，父子同以蜡翼由克里特岛起飞，子
违父诫，过于飞近太阳，蜡翼被融，落海而死。

2　梅塞施米特：希特勒德国制造的巨型轰炸机的名称。

3　列奥纳尔德：列奥纳尔德·达·芬奇（一四五二年至一五一九年），意大利
文艺复兴时代艺术和科学巨匠。

让它在自己的汽油中焚烧，
让这不祥的家蝠折断翅膀，
摔死在那渺无人烟的地方。

十一

不成！它逃不出我们的掌心！
它在乱窜，动作急转猛拐。
它快摔下了。消防队员在屋顶
见到这情景不禁拍手称快。
值勤人员在下面院子里一听，
在黑暗中也直喊"乌拉"给助兴……

十二

在人的心灵里有一些感情，
心灵有权将它们引以自豪。
但不是现在。现在这些感情
像渡河时多余之物该抛掉。
钟情，温存，热烈的爱恋……
总有一天我们再回到你们的身边。

十三

现在我们只有一种感情——复仇。
但我们对它有着另外的理解；
我们摒弃了旧约全书的遗诫，
其中有以死对死的还报。数不胜数……
为着我们死去的每个人，
我们要消灭成百个敌人。

十四

我们要为一切复仇：为城市，

为彼得大帝创下的伟大基业，

为那些无家可归的居民的痛切，

为坟墓般死寂的埃尔米塔日[1]，

为水上花园[2]中的那个绞刑台，

少年普希金曾在公园成过才。

十五

为彼得戈夫"参孙"[3]的被毁，

为植物园[4]里扔下的炸弹，

那儿的热带植物睡意蒙眬地呼吸，

（如今却在寒冷中抖颤）。

为理性的劳动所积累的一切，

这已被德寇化作废墟的一切。

十六

我们为青年也是为老人复仇：

为那些拱背弯腰的老人家，

为那具不过提琴盒那样大、

躺着孩子的小小棺材复仇，

它冒着枪林弹雨中的雪雾，

乘雪橇在结束自己的旅途。

1　埃尔米塔日：列宁格勒的埃尔米塔日博物馆。

2　水上花园：指"皇村"（现普希金市，一七○八年至一九一七年是沙皇的离
宫）中有水池的花园。

3　参孙：指彼得戈夫（即"彼得宫城"当时的名称，离列宁格勒二十九公里）
宫殿花园中的水池（当年名为"参孙的勺子"），一九四一年到一九四三年
间被德军所毁。

4　植物园：指一七一三年由彼得一世兴建在圣彼得堡附近的阿普捷卡尔岛上
的文物保护单位。

十七

是的。我们是人道主义者！我们
珍视崇高思想的光辉（受我们歌颂）。
对于我们，那磊落行为的风采
有如钻戒或银环那样闪着异彩。
它从父亲手中递到儿子的手上，
一代传一代，无穷无尽的悠长。

十八

但人道主义的真谛绝不是：
带着饱含无比忧伤的谴责，
观看敌人恣意嘲笑你的祖国，
观看强盗的铁蹄爬进贮藏室，
并从喊着跑回家的人身上撕摘，
把帽子连同脑袋一齐揪下来。

十九

观看一个法西斯上等兵用皮靴
践踏一个女人，叫她再也站不起来，
观看一个年仅四岁的小孩
怎样缠住血淋淋的母亲不离开，
观看坦克存心从小孩身上碾过，
用履带把他轧得惨不忍睹。

二十

就连列夫·托尔斯泰本人，假如死神
让他把雅斯纳亚·波利亚纳 [1] 看一眼，

1　雅斯纳亚·波利亚纳：列夫·托尔斯泰居住和工作的地方。

他也会为了不让该死的血玷污

自己那件像严冬一样雪白的衬衫，

而亲自用老态龙钟的双手掐死

那亵渎坟内亡故者的法西斯。

二十一

从俄国的村庄到捷克的车站，

从克里米亚的山岭到利比亚[1]荒原，

为了不让蜘蛛的毒爪爬向

这些人类圣地的大理石边，

我们必须从世界、星球逐出瘟神——

这就是人道主义！人道主义者是我们。

二十二

可是，如果你，德意志的国土，

这哲学家的故乡，音乐家的住地，

如果你用自己的丑行劣迹

把自己的伟人、天才和人才玷污，

延续那血腥的希特勒的梦呓，

那么，人们一定饶恕不了你。

二十三

你定会记得罗斯托夫[2]的冰原，

不会把克林[3]的暴风雪忘记，

还有涅瓦河三角洲的青色严寒，

以及严峻天空中普尔科沃高地，

它像一面红旗正高高飘扬，

像被风鼓起来的火焰一样。

---

1 利比亚：北非的一个国家。

2 罗斯托夫：苏联雅罗斯拉夫尔州城市。

3 克林：苏联莫斯科州城市。

阿谢耶夫
（一八八九年至一九六三年）

尼古拉·尼古拉耶维奇·阿谢耶夫，苏联俄罗斯诗人，初期参加过未来派，后期转向深情地理解现实，如于一九六二年获列宁文学奖的诗集《和睦》（一九六一年）。

质朴的诗行（节选）

没你伴我就无法生活！
没你伴雨天如逢干涸，
没你伴暑热我也觉冰凉，
没你伴连莫斯科都成僻壤。

没你伴每小时对我像一年，
假如时间可以捣碎变小；
没你伴甚至我头上的苍穹
也像石窟那样把我笼罩。

我什么也不想了解：
被削弱的是敌还是友；
我什么也不想期待，
除去你那珍贵的脚步。

一九六○年

吉洪诺夫
（一八九六年至一九七九年）

尼古拉·谢尔盖耶维奇·吉洪诺夫，苏联俄罗斯诗人，社会活动家。他的抒情叙事诗对苏联文学的发展有重要的影响。《基洛夫与我们同在》是苏联卫国战争期间家喻户晓的长诗名篇，中篇小说集《六根圆柱》（一九六八年）获一九七〇年度列宁文学奖。

我们的时代即将过去……

我们的时代即将过去。
档案会打开，一切秘藏之物，
一切神秘莫测的历史曲折，
将向世界昭示光荣与耻辱。

某些神灵的面容将暗淡无光，
一切不幸将会暴露无遗，
然而真正伟大的东西，
仍会永远地伟大下去。

一九六九年

马尔夏克

（一八八七年至一九六四年）

　　萨姆伊尔·雅各夫列维奇·马尔夏克，苏联诗人、翻译家，因儿童诗享有盛名，抒情诗富于哲理，一九四九年因翻译莎士比亚的十四行诗而获苏联国家文学奖。

不　朽

有过四五年，
我曾经不朽，
有过四五年，
我无虑无忧，
因为我不知道将来会死去，
不知道我的生命并非长驻不朽。

你们这些善于把握现在的人哪，
像不朽的孩子，别信死会临头，
这一刹那永远只是将到而未到——
即令已在临终前一瞬间的时候。

一九六二年

施巴乔夫
（一八九八／九九年至一九七九年）

斯捷潘·彼得洛维奇·施巴乔夫，苏联俄罗斯诗人，以讴歌爱情、大自然和英雄著称。长诗有《围绕太阳的十二个月》（一九六九年）等。曾两次获苏联国家文学奖（一九四九年、一九五一年）。

对于爱情要善加珍惜……

对于爱情要善加珍惜，
加倍珍惜它到天长地久。
爱情不是长椅上的叹息，
也不是月光下面的散步。

什么都可能：雨雪和泥泞，
两人要相偕地度过一生，
爱情像一曲美妙的歌吟，
谱好它不是件容易的事情。

一九三九年

伊萨科夫斯基

（一九〇〇年至一九七三年）

米哈伊尔·瓦西里耶维奇·伊萨科夫斯基，苏联俄罗斯诗人，他的诗抒情细腻，爱情诗蕴含爱国的情愫，唱出苏联时期农民的心声，卫国战争期间，他的诗被谱成歌曲，广为传唱，《喀秋莎》《敌人烧毁了他家园的村屋……》等许多抒情诗甚至已经成为苏联时期的民歌。

喀秋莎

苹果树和梨树鲜花吐艳，
河上笼罩着薄雾的轻纱，
喀秋莎走上陡峭的河岸，
这位走上峭岸的喀秋莎。

她走上峭岸，唱着歌儿，
唱的是一位草原的雄鹰，
她在歌唱她心爱的人儿，
她珍藏他的一封封书信。

啊，你，姑娘的歌声，
跟随太阳的歌声飞去吧，
飞向遥远边疆的战士，
代表喀秋莎把问候转达，

愿他想起纯朴的姑娘，
愿他听见她怎样歌唱，
愿他保卫祖国的土地，
把喀秋莎的爱藏在心里。

苹果树和梨树鲜花吐艳，
河上笼罩着薄雾的轻纱，
喀秋莎走上陡峭的河岸，
这位走上峭岸的喀秋莎。

一九三八年

敌人烧毁了他家园的村屋……

敌人烧毁了他家园的村屋，
把他全家的人杀得精光。
士兵他如今该投身奔何处，
向谁去诉说心中的悲伤？

士兵他怀着深深的悲痛，
在两条路的交叉口停留。
士兵在那宽阔的田野中，
找到了长满青草的坟丘。

士兵伫立着——像有个硬块
把他的喉咙紧紧掐住。
士兵说："普拉斯科维娅，赶快
迎接英雄——自己的丈夫。

"快去为客人准备好美食，
摆出宴席将他款待，
我回你身边来庆贺节日，
和你同庆我的归来……"

没有任何人对士兵搭理，
没有任何人把士兵欢迎，
只有这温煦的夏风缕缕
在把坟头上的小草拂动。

士兵叹口气，紧了紧皮带，

便打开自己的行军背包，
把一瓶苦酒掏了出来，
在墓前的灰石板上摆好。

普拉斯科维娅，别把我怪罪，
我回到你身边是这种心意：
我本想为你的健康干杯，
如今该举杯祝灵魂的安息。

我将永远永远地珍爱
这布满树林和田野的地方：
每一个谷地和山岗都在
勾起我对于她的怀想。

纵然一切特征会磨灭，
纵然我难觅她的去向，
这条道路仍将呼唤我
奔向那茫茫然的远方。

一九四五年

西蒙诺夫
（一九一五年至一九七九年）

　　康斯坦丁·米哈伊洛维奇·西蒙诺夫，苏联俄罗斯作家、诗人、剧作家，他的诗善于触摸时代的脉搏，《等着我，我定能归来……》已成为家喻户晓的不朽诗篇，他的代表作是三部曲《生者与死者》（一九五九年至一九七一年），一九七四年获列宁文学奖。

等着我，我定能归来……

等着我，我定能归来。

不过可得等着我，

当阴雨让你愁满怀，

你还照样等着我，

大雪天也把我等待，

你大热天仍等着我，

当别人把昨天忘怀，

不再盼归，等着我，

当远方无音信传来，

你还是要等着我，

当一起等待等得倦怠，

你就独自等着。

等着我，我定能归来。

可不要去祝福

念叨"早已该忘怀"的

所有人的将来。

纵然儿子和母亲

相信我已不存在，

朋友们也倦于等待，

将围坐到炉旁，

啜饮起苦酒来，

对亡灵追荐和缅怀……

等着我。且慢同他们

举杯浇愁怀。

等着我，我定能归来，
把死神们统统击败。
就让不曾等我的人
说我"命从分外来"。
不曾等的他们怎懂得：
从那茫茫的火海
是你用自己的等待
把我拯救了出来。
我如何死里逃生，
只有你我才会明白，——
只不过你和谁都不一样，
能够等待我归来。

一九四一年

同床异梦

难看的女人给他爱上，
自己当时正年轻漂亮，
对敌人他不腼腆怯懦，
对朋友他不变化无常。

他会在朋友危难的时候，
上前向他伸出援助的手，
他带领全连战士去冲锋，
风里雨里他挺胸昂首。

他聪明、善良，又勇敢，
对祖国他真是忠心赤胆，
在他那短短的一生中，
只有一件事他不会办：

当面翻个白眼蔑视，
并仔细地审视察看
这位在他身边生活的人——
和他同床共枕，同桌共餐；

这位从初次相会以来
对他比对谁都更近的人——
摧折了他的寿命，
玷污了他的名声……

这位同他生活过的人——
我敢大胆向你担保说——
她压根儿就不懂得
"妻子"这词含义是什么。

她只会疼爱和怜惜
自己的纤手和嫩腿，
此外在这世界上
她什么也不会：

不会播种，不会耕耘和收获，
不会生儿育女，不会想问题，
当他卧床生病时，
不会彻夜在他身旁护理，
一旦当他灾难临头，
更不会挺身助他一臂。

你一想起来——眼前就会发黑，——
当作对共同生活的酬谢，
她只有一样本事绰绰有余——
把他领进墓穴！

我们这些朋友都在干什么呀？
在这件事上你我都有过失！
我们发觉之后保持沉默，
然后摇摇脑袋，就算完事。

据说，干涉私生活

似乎太不近人情。

终于也就没有去插手，

等他一死——才如梦初醒！

一九五四年

旗

旗不能给人接火点烟，

人们开玩笑，也不在旗下和旗的旁边。

旗如被打穿，无须织补它。

打穿了的旗不会流血，

不必用绷带将它包扎！

旗也会流血，

那是当它

被人抛掷在地。

如果把旗拿出去，

将它裹上

汗淋淋的光裸的身体，

它不会

感到委屈。

它不怕

沾上那斑斑血迹。

血并不脏。

被打死的人，

如果真是英雄，——

就可以用旗

暂且遮盖他的尸体。

长久地覆盖，

它可不同意。

因为活着的人

需要这旗……

一九七〇年

一年之中最长的那一天……

一年之中最长的那一天，
虽然晴空万里无云，
但骤然降下共同的灾难，
连续四年，人人有份。

灾难留下深深的痕迹，
把这么多人撩倒在地，
使得活着的人，
一连二十年，三十年，
还不相信自己尚存一息。

亲近的人中不断有人
买了车票去拜谒死者，
时间又把某某添入名册，
某某离开了人世……
便又竖起
一块块
方尖碑石。

一九七一年

为自己军事小说中的死者……

为自己军事小说中的死者
无论我想出了多少个名姓，
它们毕竟已被埋入了生活，
但其中每一个都有人找寻。

图拉一位妇女打听兄弟，
他就失踪在克里米亚，
当死神降临到战士头上，
我曾否亲眼见到过他？

一封从老奥斯柯尔来的信上，
有所学校用儿童的笔迹询问，
他们在书中读到同一个名字，
问此人是不是这学校的学生？

还有同一连的残疾军人，
凭特征能把自己同志辨认，——
如果他的照片还保存着，
就请替我把它复照一张，
他还把款子给我寄上门。

第四封是塔吉尔来的短信，
但求寄去一个确切的地址：
儿子想到墓地去见父亲，
因为临终前诀别已经太迟。

我取个普通的俄罗斯人名，
它头一个浮现自我的回想，
但它已同其他名字一道，
在那场战争中多次被埋葬。

同一个名字竟然引起
四种不同呼声的反响……
显然，为了让人们平安地生活，
我们付出的代价最高昂。

我接读来信……接读……
我这个无辜的罪人，
答复死者亲人的质问，
已一连二十年，——
又以复员指导员的身份……

一九七一年

普罗科菲耶夫
（一九〇〇年至一九七一年）

亚历山大·安德烈耶维奇·普罗科菲耶夫，苏联俄罗斯诗人，社会主义劳动英雄（一九七〇年）。诗集《邀请旅行》（一九六〇年）获一九六一年列宁文学奖。他的诗以激情洋溢、语言清新、形式明快著称。

我的俄罗斯从哪里起步？……

我的俄罗斯从哪里起步？
从草地，从大忙期的田里，
我的俄罗斯用什么沐浴？
用拉多加湖洁净的水洗涤。

我的俄罗斯因什么而繁荣？
恰缘自心中乍起的风雷。
我的俄罗斯因什么而激昂？
因为愤怒和苦涩的泪水。

我的俄罗斯因什么而好看？
她俘获一切繁荣的东西。
她总击败什么样的苦难？
那苦难来自南北和东西。

我的俄罗斯栖息在哪里？
在水边的绿色小丘上栖息。
我的俄罗斯怎样舒心快乐？
和睦相处乐得人哭泣！

一九六二年

特瓦尔多夫斯基

（一九一〇年至一九七一年）

　　亚历山大·特里丰诺维奇·特瓦尔多夫斯基，杰出的苏联俄罗斯诗人，社会活动家。他以写长诗为主：《春草园》（一九三六年）、《瓦西里·焦尔金》（一九四一年至一九四五年）、《路旁人家》（一九四六年）、《山外青山天外天》。多次获苏联国家文学奖，《山外青山天外天》获列宁文学奖（一九六一年）。

如果你通过纵队经历人生……

如果你通过纵队经历人生，

冒着酷热、阴雨或风雪，

你便会懂得，

睡觉有多么香甜，

宿营有多么快乐。

如果你通过战争经历人生，

你还会懂得，

面包多么可口，

一口凉水

又是多么解渴。

如果你用此途径经历人生，

并非一天两天，士兵啊，

你还会懂得，

房屋有多么珍贵，

租居有多么圣洁。

如果你在战斗中领悟，

战斗这门学科中的学科，

你还会懂得，

朋友有多么亲切，

每个自己人有多么亲切。

你不会平白无故地反复提

勇敢、职责和荣誉等字眼，

它们就在你身上，

就在本色的你身上，

就在只能如此的你身上。

这样的人——

如果和他结交，友谊不会丢掉，——

正如常言所示，

可以生，

也可以去死。

一九四三年

山外青山天外天（节选）

……

充满活力的大地在吐绿，
催赶着万物生长发育。
人民在选定好的道路上，
创造自己伟大的业绩。

他们只相信当家的智慧，
不再把祖国从边疆到边疆，
不再把自己兴衰的命运，
不再把子孙后代的命运，
拱手托付给一个什么神。

人民积累的成熟的经验，
连同年轻人饱满的热情，
一定能够照新的方式，
着手去办所有的事情。

人民的这些经验和热情，
仿佛从密室下面产生——
他们攻下了新的多面堡……
不管是奇迹或不是奇迹，
事情进行得并不太坏——
朋友和敌人都确认无疑。

如果有谁对于细节
感到困惑，于真理无悔，

我们就问问达里雅姑姑——
她的回答比什么都珍贵……

顺便说说：无论在第聂伯河，
还是在安加拉河——在任何地方——
我都注意到了：人民更善良，
对自己更有一副软心肠；

我到处还愉快地看到：
人们脸上更常见欢笑，
少了些排长队招致的
痛苦不堪的过度疲劳……

我常因今天的玩笑和歌声——
往昔无法比拟的东西——
这些久盼的变革的标志，
这些上好的消息而欣喜。

啊，田野上传来了歌声，
说真的，我好久不曾聆听，
我仿佛觉得人们唱它，
只有在某地影院才可能，——

突然，复活了的歌的余音
响起在那遥远的刈草场上，
它在宁静的夜空中回旋，
在我们祖国的上空飘荡。

而那仿佛忧郁的曲调
回荡在路旁苍茫的田野上，

猛的一下抓住我的心，
让痛苦的甜蜜挤满我胸膛……

我想把这些微小的标志
大胆地比作一片处女地，
比作曾在月亮背面的
那枚火箭的放肆挥笔……

一年又一年，一程又一程，
一个地段，又一个地段。
路程艰险啊，
但世纪的风——
它正吹鼓着我们的征帆。

一切民族、土地和国家
如今全都离我们很近，
我们的这种和平的荣誉
它们不能不给予我们。

真理拥有着神圣权力，
行使着自己强大的权利，
它永远活在这个世界上，
飞遍一切大陆和岛屿。

在人间希望与风暴的行列中，
它越来越真实，越来越广阔。
我们——是我们今天在世上
生活，世上正在对我们
把越来越高的要求提出！

对我们没有更高的要求，
只有用火写成的嘱咐：
事无大小，都要像列宁，
在他身上把光辉的睿智找出。

和他相处，无须惧怕，
在我们金色的书页中间，
没有任何一页和一行，
甚至没有一个逗点，
会让我们失去光彩，
会把我们的荣誉遮掩。

是的，过去我们有过的一切
依然存在！
如今有着的一切，
也在我们这里存在！

昨天写进书里的一切，
从头到尾，都和我们在一起，
有关笔
和斧子的
俗语……

事物的实情总在站岗，
从旁绕过它去你休想，
有了它，就有了一切，
甚至当你沉默——撒谎……

别人不去说，可是诗人
保持沉默肯定要吃亏，

一个特别的法庭就会
传他去作严峻的答对。

我可不怕这样的法庭，
也许我早就在把它等待，
但愿别向我说这种话，
它的容量最大我无法担待。

我的话发自内心非儿戏，
它做好应对一切的准备：
我活过，存在过，对世上一切
我要用自己的脑袋答对。

在任何劳动中
坚持这举动：
没有比这更崇高的职责！
没有比这更炽热的激情！

谢谢，祖国，你给我幸福：
在你的路程上和你在一起。
在新的难行的山口外，
歇一歇脚时
和你在一起。

然后又一同上路——
无论大路，还是小道，
咳，就算最小的路——
反正都一样：
你的胜利，就是我的胜利，
你的悲伤，就是我的悲伤。

正如你的召唤：

跟我走吧，

在途中寻得和体验：

山外青山

天外天！

一九五〇年至一九六〇年

你和我

你总晚起、忧郁和萎靡，
连光明也不能讨你喜欢。
而我起床还赶得上晨曦，
便伴随着太阳走入白天。

对于睡眼惺忪的你，
谁也别想去亲近，
我觉得生活灿烂无比，
未来——欢乐还多得很。

我把清晨贮进了白天，
把它钉进了我的怀中。
便伏案动笔，像操使舵轮，
重又踏上遥远的航程。

在颓丧时刻你无法理解，
世界是如何充满了美，
蹉跎极其宝贵的岁月，
将会多么令人羞愧。

你看谁会觉得谁都不顺眼，
连自己都觉得糟糕不堪，
所谓写也罢，不写也罢，
反正你不免一命归天。

周围的一切令人作呕，

一切可充当诉苦的理由……
当我想到你也就是我，
我多么痛苦，多么难受。

你的癖性，你的特点，
在我身上都有是无疑。
我还要谢天谢地的是：
我——并不仅仅是你；

在你身上绝非整个我，
我想怀着爱对你诉说：
只有除去了你之外，
才有本来面目的我。

一九五七年至一九五八年

我没有工夫自我嘲弄……

我没有工夫自我嘲弄、
无谓地难过、徒然受折磨。
被搁置的纸笔在等待我们，
让我们用工作来制服灾祸。

没工夫去搞纠缠不清的事，
干工作，时间还紧得可怜。
既然其他的期限无人恩赐，
硬性的期限便是最佳期限。

一九五九年

我清楚，不是我的过错……

我清楚，不是我的过错：

别人没有能从战场归来，

他们不分年长和年轻，

长眠他乡；也无从责怪：

我可以但未能保全他们，

不过毕竟，毕竟，毕竟……

一九六六年

扎鲍洛茨基

（一九〇三年至一九五八年）

尼古拉·阿列克赛耶维奇·扎鲍洛茨基，苏联俄罗斯诗人，用怪诞手法反映新经济政策时期的生活，长诗《农业的胜利》遭不公正批判，晚期抒情诗（如《长相丑的小女孩》等）饱含哲理。他还翻译过《伊戈尔远征记》。

面孔的美

有些面孔，和华丽的正门不差，
微小之中处处显露出伟大。
有些面孔，似简陋不堪的小房，
里面正泡着皱胃炖着肝脏。
还有一些面孔冰冷、枯槁，
有如一座围着铁栏的监牢，
另外有一些面孔像古塔一样，
其中无人居住和向外眺望。
然而我也曾结识过一种小屋，
它看上去不起眼，并不富庶，
然而有一股春天般的气息
从它窗口涌向我的心里。
世界真可谓伟大而又神奇！
有些面孔宛如一曲曲欢歌，
从这些阳光般闪亮的个个音符
谱成了一首响彻高天的赞歌。

一九五五年

解　冻

暴风雪过后的解冻时节，
当雪暴刚一停止肆虐，
吹积起的雪堆立刻塌下，
皑皑的雪原便黯然失色。

从那撕成一片片的云端
幽幽地闪亮着一钩残月，
松树那沉甸甸的枝丫上，
压满了湿漉漉的白雪。

为着跻身于雪堆之中，
冰碴塌落、融化、汇淌。
薄如小碟的一个个水洼
在道路两旁闪闪发亮。

就让白色的广阔原野
在默默无语中昏昏欲眠，
就让解冻的土地重挑
无法计量的劳作重担。

不久后树木即将苏醒，
不久后南飞越冬的候鸟
将排列成一行一行
在树上吹响春天的号角。

一九四八年

长相丑的小女孩

待在别的玩耍的孩子中间，
她的模样就像一只小青蛙，
瘦瘦的衬衫给掖进裤衩里，
肩头披散绺绺棕红的鬓发。
脸的轮廓清晰，却不好看，
长长的脸膛再加弯弯的牙。
有两个和她同龄的小男孩，
父亲都给买辆自行车玩耍。
今天两个男孩不忙去吃饭，
还在院里骑车，把她丢下。
她却跟踪着他们紧追不舍。
人家的快乐像自己的那样
让她沉浸在生活的幸福里，
小女孩心里简直乐开了花。

这个小生命至今还不曾有
一丝儿妒意和半点的恶念，
世上一切对她都新鲜无比，
人感到死寂的她觉得生趣盎然。
我真不愿意去想，去察看：
有朝一日她会吃惊地发现，
自己不过是个可怜的丑物
待在周围她的女友们中间！
我却相信，心灵并非玩具，
未必有谁能突然把它折断！
我却相信，在她心底燃烧的

这团纯洁无邪的善的火焰
单枪匹马就能敌得过痛苦，
就能把最沉重的石块化完！
纵然她的外貌长得挺丑陋，
她没有美色可以讨人喜欢，——
但一颗心灵的清新优雅啊，
已把她的每个动作都贯穿。
既然如此，那美是什么呢，
为什么人还把它盲目颂赞，
它到底是腹中空空的花瓶，
还是闪着长明火花的灯盏？

一九五五年

马尔蒂诺夫
（一九〇五 年至一九八〇年）

列昂尼德·尼古拉耶维奇·马尔蒂诺夫，苏联俄罗斯诗人，苏联二十世纪"思想诗"的主要代表。他的诗饱含哲理，极富幽默感，主题由日常生活扩及科学，形式上刻意求新。主要诗集有《首创》《夸张》等。获苏联国家文学奖（一九七四年）。

痕　迹

而你呢？

当你走进任何一所房子——

无论是灰色的，

还是浅蓝色的，

当你登上陡峭的楼梯，

走进灯火通明的公寓，

当你侧耳倾听琴键的乐音，

准备回答向你提出的问题，

请你告诉我：

你将留下什么样的痕迹？

是留下痕迹，

好让人把木地板擦洗，

并让人从后面斜着眼瞥你，

还是

把一个望不见的牢固的痕迹

长年累月地留在人们的心里？

一九四五年

水

水
倾心于
淌流!

它
晶莹闪烁,
纯得过头,
既不能开怀畅饮,
也不能洗脸洗手。

这并不是无根无由。

它
就缺少:
傍靠那绿杨和垂柳,
品尝茂盛的柔条苦口。

它
就缺少和水草为邻,
同吃蜻蜓变肥的鱼儿交友。

它
就缺少汹涌的波澜,
从不曾四处奔流。

这纯净的

蒸馏的

水呀，

就缺少生命的源头。

一九四六年

回　声

我碰到了什么样的现象呵？

明明是我跟你一人在交谈，

却不知为何我那些话语

在墙壁外面发出了回响。

此时此刻我的话语呵，

在近旁的丛林和遥远的密林回荡，

在附近的居民住房里缭绕，

在活着的人们中间到处传扬。

你知道实际上这没有坏处！

无论对于欢笑，还是对于叹息，

距离都不能把它们阻挡。

回声真是大得惊人哟！

显然，时代就和它一样。

一九五五年

人 们

人们，

总的来说，

要求得很少，

提供得却相当多。

人们

对许多事都能忍受：

如果需要——还步调一致，

去受累，去挨饿。

但如果接连不断地爆炸，

那么这个地狱甚至会使

最有耐心的人感到厌恶。

人们，

总的来说，

知道的事不多，

但他们感觉很灵敏，

如果有人在什么地方

用十字架或私刑处死人。

这时人们便会

把暴行的创造者视若灰尘，

把他们扫地出门，

他们的所作所为已不像人！

人们，

总的来说，

不大相信

咒语和五角星形。

他们用自己的尺度衡量：

用英磅、用公斤，

既用码，也用公尺。

别的算法还没有引进。

人们，

总的来说，

平平庸庸，

但起着相当大的作用。

一九五八年

死者的复活

只消我把他们提起，
他们就会走出墓穴，
来向我热烈地道谢。

即令我对他们严厉异常，
他们还说：
"谢谢！祝你
健康！"

即使我想要
把他们的累累恶行
力求更多加以揭穿——
但他们似乎分辨不出，
这是抑贬，还是褒奖。

纵然我常常进行挖苦，——
但只消我把他们提起，
他们急忙来向我道谢，
因我复活了他们而得意。

一九七二年

有一位美人……

有一位美人
置了一张梳妆小桌，
另一位美人却设了梳妆台；
第三位美人备上梳妆安乐椅，
第四位美人干脆立起梳妆柱来，
俨然一个柱头苦行僧伫立在上面，
想象着周围是巴比伦立柱的人海。

一九七九年

嘴角露出了微笑

多么令人沮丧的地方呵，
天空是那样空荡寂寥，
整个大地布满了十字架，
而阳光和月辉呵
在树丛中间东倒西歪，
但不会永远这样下去！
那时无论太阳，还是月亮，
定将各就各位地站好，
而一堆堆牲口似的白云
将要把鲜花挂上犄角，
把彗星系在尾巴上
走到草地里去吃草，
嘴角露出了微笑。

一九八〇年

维诺库罗夫

（一九二五年至一九九三年）

　　叶甫盖尼·米哈伊洛维奇·维诺库罗夫，苏联俄罗斯诗人。他以哲理诗见长，题材较广，爱从瞬息即逝的生活中捕捉令人难忘的人生真谛，诗集主要有《人的面孔》（一九六〇年）、《话语》（一九六二年）、《对比》（一九七五年）等。

美

献给维·鲍科夫

举目向天穹扫视一眼，
春天的夜空繁星万千！
这闪亮的高处何来青春的世界？！
然而我们对美的需要呵，
曾比对饮食的要求更加强烈。

我们获得美只是很少一点……
每当晚上休息处喧闹的时候，
我们连里的那个皮匠，
便使劲地拉起手风琴，
为我们把美苦苦地追求。

这美呀瞬息即逝，并不惹人注意，
从眼前一晃，便无影无踪，
仿佛拂晓前远处山丘上烛状的白桦，
宛如深夜里河中散成碎片的月轮。

有时，在秋天，坦克陷在泥潭里，
浓烟滚滚，焦味难闻，而美却降临，
闪现的是一位波兹南农妇的纯洁目光，
从她那挡光的手背下露出狡狯的神情。

一九五三年

伤 痛

我们受过严峻时代的哺育，
埋怨对于它来说很不恰当。
作为步兵我的诗韵不大适合
用来表示惋惜，倾诉愁肠。

因为你呵，今天忧郁在折磨我，
我可以忧伤，并没有什么不当……

但通过战鼓式节奏的铿锵诗句，
我的伤痛仍然不能铮铮作响。

一九五五年

人各有自己的面孔多么好……

人各有自己的面孔多么好……
有的畏畏怯怯，有的气扬趾高。
有的喜欢坐在小船上钓鱼，
有的因猜中字谜欢呼雀跃。
每个人都有自己的步态，
围的围巾也是各有所好。
有的开起玩笑嘴角微微抖动，
有的却像疯子那样哈哈大笑。
多么好呵，每个人都不像
自己的邻居！这真是太好：
他和我俩不是半斤八两。
站相不同，接火姿势各有一招。
啊，这是何等五光十色的景象！
自己的面孔我们是靠战斗得到，
显然，我们不是平白无故地害怕：
像粒粒鱼子那样彼此不差分毫。

一九六〇年

幸福的人替别人受折磨……

幸福的人替别人受折磨，
生活中他常常平添忧烦，
把自己摆在亲友的位置上，
旁人的不幸使他反侧辗转。

不幸的人像只田鼠钻进遐想，
倒霉事不断占据他的心房，
他满嘴都是自己的操心事，
哪里还顾得上旁人的痛痒。

一九六一年

语　言

说话真是神奇的本事。
发出词音，构造句子。
这多么简单：只要口一开，
立刻就会出现语言的奇迹。

表情达意的言语呵，你多么简单！
前缀、词根和词尾。
领袖只要将手掌向前一伸，
他就能叫人
去赴汤蹈火，因为他懂得语言的功能。

当语言为许多人的头脑所接受，
它就会执着地完成它的使命。
我知道人民就是由
钻进他们心坎的话语
和身体所构成。

语言推动着一切。大地会烈火熊熊！
铁叉能插上天空！黑暗可呈现血红……

一个坟丘被科学家掘开了：
器皿一经擦洗，词语闪出光焰。
它栩栩如生。不能叫它再返回了，

它不是麻雀！它开始遨游人间。

也有一些话语，目光一扫而过时，
只有空空的荚子，豆粒却看不见。

一九六一年

人生仿佛是一匹脱缰的劣马……

人生仿佛是一匹脱缰的劣马，
它转动臀部，向地面用力摔下……

人生往往突然把人重压，我常常
手执猎矛把它当作狗熊扑打。

人生宛如高山和深渊间的飞舟，
你划吧，狠狠地划，全身白花花……

若问对你的回答，那就是"战胜它"！
正如格鲁吉亚古时祝酒用过的话。

一九六六年

卢戈夫斯科依
（一九〇一年至一九五七年）

　　弗拉基米尔·亚历山德罗维奇·卢戈夫斯科依，苏联俄罗斯诗人。描写卫国战争和社会主义建设都富有浪漫主义气息，长篇组诗《世纪中叶》（发表于一九五八年），反映了诗人对世纪前半叶的历史饱含哲理的思索，是"解冻"后苏联诗坛上最有时代气息的诗作之一。

星

星啊，星啊，寒冷的星，
你越垂越低，垂向了松针。
朝霞时你消失得无踪无影，
晚霞时你从虚空中产生。

你遥远的世界是有翼的火的旋风，
热得能让个个原子核熔合。
你干吗这么冰冷地瞧着我——
地球的地壳上的沙粒一颗？

也许，你此刻已经毁灭，
也许，你早已不再存留，
你衰弱的光，像瞎眼的老人，
用手摸来认知我们的星球。

也许，你的生命延续于奇特的威力？
我——是你命运面前的沙粒的暗影，
但是我以我的所见，以我的所知，
以我的所思来让它永远对我屈从！

一九五六年

雷连科夫
（一九〇九年至一九六九年）

尼古拉·伊万诺维奇·雷连科夫，苏联俄罗斯诗人，诗作以歌颂祖国和大自然为主调，代表作为诗集《根与叶》等。另外，他还写有长诗、短篇小说、特写和论文等。

在青年时期我们常常自问……

在青年时期我们常常自问：
我们在什么道路上寻找幸福？
当我们走遍世界后方始领悟
寻找幸福并无特殊的道路。

无论走到哪里——它就在身边，
只是见它时需要锐利的目光，
只是听它时需要灵敏的耳朵，
我的快乐啊，才能知它在何方。

幸福——是一堆明灭在雾中的
难以预见的小小的营火；
是炎热正午清冽的泉水，
是一条终于走完的遥远的路；

是历尽苦难后的甜蜜叹息，
是离别后仍然保存的忠诚；
是在故国门槛旁的相遇，
而第二天一早新的途程；

是新的焦急和新的思虑，
是陡峭难行的新路弯弯，——
它总能通向我们的故里，——
而并无其他的幸福可言。

一九四六年

卡里姆

（一九一九年至二〇〇五年）

库斯塔伊·卡里姆，俄罗斯巴什基尔自治共和国诗人，获"人民诗人"称号（一九六三年），社会主义劳动英雄（一九七九年）。写有抒情诗集《追踪岁月》（一九七一年、一九七二年获苏联国家文学奖）、《江河对话》（一九六一年）、长诗《十二月之歌》（一九四二年）、《黑水》（一九六一年）等。

我把鸟儿放出我的心房⋯⋯

作品脱稿，细枝末节也处理停当。
一场忙碌从此属于过去时光⋯⋯
在这曙色初露的时刻，
我把鸟儿放出我的心房。

为了荣誉奔赴战场的人们哪，
我给你们第一份礼，请谁也别抱怨。
看，一只雄鹰展开了翅膀，
为你们正翱翔在那远天的云端。

旅人们哪，不管你们健旺还是疲倦，
我清晨随风派只仙鹤前往⋯⋯
病人们哪，我给你们放只杜鹃，
让它咕咕不停地唱在你们耳旁。

恋人们哪，给你们一只发狂的夜莺，
它猛力一冲，便彻夜不息地歌唱。
离别的人们哪，让那纯洁的鸽子
在旧的期望上添一些新的期望。

绝望者、胆怯者以及不中用的人们哪，
我要一一馈赠你们，鸟儿在等待你们所
　　有人⋯⋯
我唯独对冷漠无情的人们一无所赠，
让他们没有鸟儿吧，随他们怎样生存⋯⋯

作品脱稿，细枝末节也处理停当。

一场忙碌从此属于过去时光……

在这曙色初露的时刻，

我把鸟儿放出我的心房。

我把一张洁白的纸……

我把一张洁白的纸
放到了自己面前，
再把和它形影不离的
黑铅笔摆在旁边。

当我着手工作时，
先得把铅笔削尖，
但是手儿啊，你先别忙
涂黑白色的纸片！

白纸！是火还是冰
隐含在这白纸里面？
它代表着一个婴儿的命运，
这婴儿马上便要来到人间……

纸是白的，黑色的铅笔
什么不能在上面画出！……
无怪乎人们总说，
白纸对一切都经得住。

不管是喜讯，还是胡说，
或是学术著作……
在白纸上，那黑色的铅芯
还写得出致人于死地的判决书。

这上面也写宽恕的要求，

也记录对刑期的废除：
我们的世界上还有赦免——
并不真是那么残酷……

和平的法规，战争的命令——
一切都用这根黑铅笔写出，
全世界的人们目不转睛地
盯着铅芯尖端怎样疾书。

亲爱的人儿！在这僻静的地方，
白雪又将一切掩埋……
请你拿起黑铅笔
在白纸上只写一句话：
"我爱你……"

我离开你三十个白天和夜晚……

我离开你三十个白天和夜晚，
三十昼夜孤寂不堪的时光，
仿佛我在半路泅过三十条河，
三十条湍急直下的大江。

仿佛我攀登过三十座险峰，
峰顶缭绕着苍茫的烟雾，
瑟缩地迎来三十个阴沉沉的拂晓，
还迎来三十个闷热的日暮……

你竟装得下我三十次想念，
三十次痛苦的疑惑和三十次希望。
对于如我这般爱恋和相思的人，
我的天哪，你快寄给他们力量。

库里耶夫
（一九一七年至一九八五年）

　　卡伊瑟恩·舒瓦耶维奇·库里耶夫，苏联卡巴尔达·巴尔卡尔自治共和国诗人，获"人民诗人"称号（一九六七年）。他对生活体察入微，敏锐地反映本族人民现实和历史上的重大事件，获苏联国家文学奖（一九七四年），代表诗集为《土地的书》（一九七二年）。

贤者一年一年培育穗谷……

贤者一年一年培育穗谷，
刽子手点把火把它烧光。

啊，多少刽子手变成尸骨，
庄稼却至今在地里生长。

贤者一年一年培育果木，
刽子手却要把果实毁掉。

啊，多少刽子手埋入沙土，
果树却至今仍长得高高。

贤者一年一年培育孩子，
刽子手想把他们都杀尽。

如今刽子手已踪影难寻，
孩子仍像往常那样开心。

如今挤满了所有的院子，
我听到了孩子们的声音。

一九七二年

地上树是奇迹，天上星是奇迹……

地上树是奇迹，天上星是奇迹，
奔向春暖花开之邦的马是奇迹，
我见过地上的树和天上的星，
曾骑在与风争胜的马上驰骋。

园中百花是奇迹，田间谷穗是奇迹，
冬日以自己的火暖人的炉子也是奇迹，
我见过园中的花，也听过谷穗的声音，
也曾在冬天山间小屋的炉子旁暖过身。

女人是世上奇迹，人间的美是奇迹，
这是慷慨地赋予一切生者的乐趣。
我爱过女人，生活中祝福过美，
女人曾是我的幸福，心灵的光煦。

不管乌鸦多少次报凶，奇迹却遍四方，
让我们编支歌儿把奇迹尽情地夸奖！

一九七二年

盲人就希望眼睛能复明……

盲人就希望眼睛能复明，

病人再难受也相信复原。

旅人在长途跋涉疲惫后，

盼望能踏进自己的门槛。

死路一条的人盼遇奇迹，

一败涂地的人盼望胜利。

身遭祸殃的人总是盼着：

灾祸将过去并不再回还，

被卷进巨浪的人则盼着：

奋力抵达企望中的彼岸。

希望是暗夜中的白昼之光，

是强者的支柱，弱者的力量。

我常想不知会落到什么地步，

假如希望不曾把我照亮！

一九七二年

河 川

河川高兴看到在自己上空，
山巅的积雪和蔚蓝的苍穹。

它喜欢浓密的叶丛的庇荫，
阳光和阴影同样悦目赏心。

河川在绿草之间奔流忙，
它的路途是遥远而漫长。

它总是向前流啊，不停流淌，
为亡者哀伤，为生者欢唱。

无论是永恒，还是活水，
都是从来也不理会疲惫。

云儿为了生命降雨不少，
河川为了生存不息奔跑。

我和河川两个一起走着：
我和它同样为生者活着。

一九七二年

光

生平遇过不少的灾祸，
我便爱上这世间的光。
我赞美给我以希望的光。
即令在暗夜沉沉的时刻，
我也要赞美朝霞的光，
它必是黑夜已过的明证。
我赞美那山丘后的回光，
我赞美照进我家的霞光，
我赞美天上和人间的光，
赞美摇篮旁和棺材旁的光，
赞美那漆黑之夜的月光，
赞美在仇恨的黑暗中爱的光。
我至今赞美往昔岁月的光，
赞美在我老师们的房间里
摇曳在我弯腰的字迹上的
那盏窗前的油灯的微光。
我赞美那晨曦的反光，
它照亮我孩子们的脸庞，
我赞美孩子眼里的闪光，
我赞美母亲的眼睛发亮，
我也赞美：我们不容易
分辨哪是光，哪是反光。
我赞美一个无名诗人的家中
那团孤零零的冷凝的寒光。
我赞美另一个窗里的微光，
在那里一个寡妇正端详着

战争中遗存的丈夫的肖像。
我赞美牧童们的灯光，
在那里闪现着他们的身影；
赞美白昼山顶积雪的光。
我赞美至今仍温暖着我的
孩提时代的光和反光。
我赞美冬天炉中的火光，
那将燃尽和正出生的光，
我赞美灵感的吝啬的光，
赞美灌浆的小麦慷慨的光，
赞美那朗照面庞的光，
赞美那复明的光和火光，
赞美那往日里和来日里
我的爱情、我的关切的光，
赞美那希望、正直、工作之光，
赞美那探索、灵感、腾飞之光，
别抛开我，请把我照亮。

一九七二年

回忆犹如一棵棵大树……

回忆犹如一棵棵大树，
树上的绿叶沙沙作响，
虽然提醒人不忘往事，
回忆总是顺应着希望。

回忆好像一片片山林，
那里吹拂着往昔的风，
那里至今仍频频传来
故去人们的笑语欢声。

我常悄悄走进这树林，
在草地上放牧着羊群，
做个风筝或别的玩意儿，
往昔在我心中依然留存。

在我的林中现在还剩下
我那被战争毁掉的祖房，
我们玩耍过的茂密草地，
只是这里早进行过垦荒。

在那林中留有我的亲人，
恍惚母亲在，我跟她叙谈，
一切随岁月远逝的东西，
一天比一天更清晰地呈现。

然而在那林中久而久之，

大树是越来越少，树墩却与日俱增，
在我的林中树木日见稀疏。
可我到林中去得比以前更勤：
回忆总是顺应着希望，
没有回忆我们便无法生存。

一九七二年

费奥多罗夫
（一九一八年至一九八四年）

    瓦西里·德米特里耶维奇·费奥多罗夫，苏联俄罗斯诗人。他写爱情诗、景物诗，但都饱含哲理，出版过多部诗集，曾多次获奖。

两种钢

两种
由烈火焚毁了的钢，
被人从烧得精光的战场捡得，
一种钢是德国的，
另一种是俄国的。

但炼钢工人们
怀着同样的荣幸，
虽端详才分辨得出自己那种，
仍把这两种钢，
一齐送进马丁炉的火中。

战争啊！
它使得钢都变残。
马丁炉像所医院，
对扭曲了的钢进行治疗，
淬火给它把生命归还。

异国的钢，
连同它那耻辱的十字架的标记，
一起受治疗的热气洗涤，
如同我们的钢，
突然变得纯净之极。

纯净之极，
一如战争开始之前

承受那第一次熔化，

还盼着接受一项使命，

成为拖拉机和犁耙。

因而，

并不奇怪，

它这种异国的钢，

变得越发的滚烫，

便和我们的钢一起，

朝同一条轧槽汇淌。

一九四三年

俄罗斯

我活了漫长的岁月，
真想还活那么久。
我和大家分不开。
在人间我活得越久，
我就越是对你爱。
你一年比一年更美、更可爱，
胜过漫天曙光的华彩。
骄傲的名字——俄罗斯
铮铮作响，
像迎风招展的旗子。

一九六〇年

我们的时代特征是……

我们的时代特征是
从斗争活到争斗，
没有安宁的时候：
时而是浑身冒汗，
时而是头破血流。

假如
我们活不到
百岁的年纪，
那就是说，
在世上不容易
出人头地。

一九六一年

叶夫图申科

（一九三三年至二〇一七年）

　　叶甫盖尼·亚历山德罗维奇·叶夫图申科，当代俄罗斯诗人。他在苏联"解冻"的年代里，在尖锐的政论性抒情诗中提出时代的敏感问题，成为青年诗歌（即"大声疾呼派"）的首领，他最关注人的、俄罗斯的、诗歌的命运。一九九一年迁居美国。他的诗歌创作达七十年之久，先后出版了一百五十多部诗集、小说、文集、译文集，其作品已译成七十多种语言。他多次访问过我国，并因一本"文革"后期供内部批判用的《〈娘子谷〉及其他——苏联青年诗人诗选》（对我国"朦胧诗"影响极大）而于二〇一五年被评为中坤国际诗歌奖得主，他因此而感到非常荣幸。他于二〇一七年四月一日死于美国，但生前早已立下遗愿：葬于祖国莫斯科近郊别列捷尔金诺墓地，帕斯捷尔纳克的墓旁。

致同代人中的精英

同代人中的精英啊，
愿你们活力洋溢，
永不凋零！
灾难势难看见
你们也会屈从！

会有各种不测，
你们要坚强、团结。
你们一定要挺住，
这才是精英的本色。

你们要高歌，
在阳光下眯起眼，
但灾难和痛苦都还会有……
赞许我们勇往直前吧，
赞许我们参加战斗！

同代人中的精英啊，
也让我去进攻敌营，
请不要把我责备，
把我当作号手一名。

我将吹起进攻的号音，
一点也不会吹得走调，
如果我的气息不够用，
定要用步枪取代军号。

纵令我甚至牺牲，

只落得一事无成，

也愿你们严峻的嘴唇，

能把我的额头吻吻。

　　　　　　　　　　一九五六年

多大的醒悟将会来临

如果我们对餐桌上的坦诚，
认不出是敌人的曲意逢迎，
多大的醒悟将会来临，
良心对我们会多么严峻。

但可怕的还是不吸取教训，
在满腔热忱的警惕性之中
又把别有用心的意图，
强加于骚动而纯洁的稚嫩。

对怀疑的热衷——算不得功勋。
盲目的法官——非人民的仆人。
匆忙把朋友当成敌人，
比认敌为友更可怕三分。

一九五六年

洁白的雪花从天飘落……

洁白的雪花从天飘落，
像顺着直线滑向地面……
真想在世上久久活着，
但此事大概无法如愿。

有些灵魂无影无踪地
正在茫茫的远方消融，
也像飘落的洁白雪花，
从大地飘升浩浩苍穹。

洁白的雪花从天飘落，
我也会从人世间离开。
我并不为死亡悲伤，
也不把永生不朽期待。

我并不相信会有奇迹。
我不是雪，也不是星，
我将会一去不再回来，
永远永远地无踪无影。

我这个罪人这样想道，
我过去到底是个什么人，
我在匆匆而过的一生中，
把什么爱得比生命还亲？

我爱的是俄罗斯祖国，

用热血滋润，用脊梁支撑——
爱的是它泛滥时期的急流，
在冰下它的暗流的前行。

爱的是它木结构平房的风情，
爱的是它松林内含的神韵。
爱的是它的普希金、斯坚卡[1]，
还有它的年老的先人们。

如果说往昔不如人意，
我却没尝太多的苦涩，
纵令我活得还有缺憾———
但我曾为了俄罗斯才活着。

我苦苦受着希望的煎熬，
隐隐的忐忑充满了心田，——
但求我能对俄罗斯有助，
哪怕只一点微薄的贡献。

任凭俄罗斯祖国将把我
轻而易举地忘却不顾，
我却但愿它将会存在得
地久天长，天长地久……

洁白的雪花从天飘落，
一如世世代代的过往，
一如普希金、斯坚卡在世时，

---

1 斯坚卡：即俄罗斯十七世纪农民起义领袖斯杰潘·拉辛（约一六三○年至
一六七一年）。

一如我死后的未来时光。

鹅毛大雪从天飘落，
亮得人双眼疼痛难睁，
它正在盖住我自己的足迹，
也正在淹没他人的脚印……

我不能成为不朽的人，
但仍有我希望的寄托：
只要还会有俄罗斯祖国，
那就是说也将会有我。

一九六五年

沃兹涅先斯基

（一九三三年至二〇一〇年）

伊万·安德烈耶维奇·沃兹涅先斯基，苏联俄罗斯诗人，"解冻"期间是"群众舞台派"（也称"大声疾呼派"）的代表之一，他的诗富于时代感，偏爱非理性形象化手段，并进行复杂的韵律结构探索。他既醉心于科技进步，后期也倾向于与自然和谐。一九七八年获苏联国家文学奖和国际诗人代表大会诗歌杰出成就奖。

戈　雅[1]

我是戈雅！
敌人纠集在光秃秃的田野上
为我啄出弹坑的眼眶。

我是痛苦。

我是声音，
战争的声音，四一年雪地上
城市焦木的声音。

我是饥饿。

我是喉咙，
像空旷的广场上鸣响的钟似的
被吊死的女人的喉咙……

我是戈雅！
啊，一连串的仇恨！一下子向西方卷去——
我是不速客的灰烬！

像钉钉一样，

1　戈雅是十九世纪西班牙著名画家，组画《战争的灾难》是他的名作之一。此诗的表现手法非常独特："赋"的形式、"比"的内涵、"兴"的联想（或潜台词）。

我向纪念碑式的天空钉进结实的星星——

我是戈雅。

一九五九年

怄 气

这不像任何一样东西[1]！
你用小皮靴踩踏大衣。
你不像那只疯了的猫。
你不像任何一样东西！

你的柔情并不像柔情。
你把茶杯摔向桌子和地。
你不像失臂的维纳斯。
你不像任何一样东西！

我并不因此而责备你，
尽管有了这层道理，
我仍把你称作生活。
都不像任何一样东西。

痛苦一点不像痛苦，
兄弟一点不像兄弟，
一小时和一小时也不一样，
它们的区别就在于你自己。

大海不像任何东西。
雨点不像什么筛器。
你还像过去？天哪！

1　此话在俄语口语中是"太不像话，太不像样子"的意思，使全诗平添幽默
　和诗意。

你不像任何一样东西。

自由的平静跟什么都不像。
水不像脸颊热辣辣的皮肤。
毛巾不像脸颊上淌下的水。
门上的挂钩一点不像被囚。

一九八〇年

鲁勃佐夫
（一九三六年至一九七一年）

　　尼古拉·米哈伊洛维奇·鲁勃佐夫，苏联俄罗斯诗人，他在创作中把丘特切夫传统和叶赛宁传统相结合。他在心灵中寻求大自然所体现的和谐，他的诗成为高科技时代人们心灵的渴求，他便自然而然地被推崇为"解冻"后苏联诗歌中"悄声细语派"的主要代表之一。

我宁静的家乡

献给勃·别洛夫

这是我宁静的家乡！
绿杨、清流、莺歌悠扬……
早在我童年的时光，
母亲就安葬在这个地方。

"教堂墓地你们可知悉？
我自己无法把它找见。"
村民们轻声回答我说：
"教堂墓地在河的对面。"

村民们轻声回答我的话，
车队缓缓地从眼前驶过。
那教堂建筑物的圆顶，
早被绿油油的小草淹没。

从前我游水摸鱼的地方，
如今干草被耙进草房，
从前那两条河湾中间，
如今挖出了运河通航。

从前我爱去洗澡的地方，
如今是沼泽地，布满绿苔……
我这宁静的家乡啊，
对你的一切我未曾忘怀。

依旧是一望无际的绿野，
学校门前新安了栅篱。
仿佛是一只快乐的乌鸦，
我又可停在上面栖息！

我这木头建成的校舍啊！……
我又该离你远奔他乡——
那条雾气蒙蒙的小河，
又将跟着我一道奔忙。

我怀着最炽烈的感情，
共着至死难解的命运：
同每一座农舍、每一朵乌云，
同那行将从天而降的雷霆。

你好啊，俄罗斯——我的祖国……

你好啊，俄罗斯——我的祖国！
在你的绿叶下我多么欢畅！
无人歌咏，但我清晰地听得
隐了形的歌手们在齐声颂唱……

仿佛劲风把我吹遍俄罗斯，
吹遍整个大地——城市和乡村！
我坚强有力，但劲风更强劲，
因此我无处可以留停。

你好啊，俄罗斯——我的祖国！
对你那留茬地上禾捆烘房的恋情，
对你那蓝色田野上农舍的恋情，
比风暴还强烈，比任何意志更强劲。

我绝不肯为了换取宫殿，
交出小窗下种着荨麻的矮房，
多么使人感到宁静啊，
当夕阳余晖朝我的房子窥望！

窗外整个天上和人间的矿原，
莫不洋溢着一片幸福和宁静，
散发出令人神往的古代的气息，
在那雷雨和酷日下雀跃欢欣！……

田野上空的星

冰凉苍茫的田野上空有颗星，
望着一个冰窟窿，目不转睛，
时钟已经敲过了十二点了，
我家乡也早已沉浸在梦境……

田野上空的星哟！心灵震荡时，
我总要回想起：在那山岗背后，
这颗星怎样悄然临照着金秋，
它怎样在银色的冬天朗照当头……

田野上空的星辰永不停息地
给大地忧虑的居民送来光明，
它抛洒一束束和蔼可亲的光，
遍布在远处兴起的一切城镇。

但唯有此处冰凉苍茫的夜色里，
它才更显得浑圆和清光皎皎，
我感到十分幸福，只要在人间
我田野上空的那颗星还在照耀……

绿色的花

每逢我遇到鲜花盛开的季节，
每逢我漫步在那斑斓的草地，
独自或偕同从容不迫的故友，
我心中的忧伤便渐渐地宁息。

我们抛却喧闹和尘土的尾随——
一切都沉寂了！唯有一事昭然——
世界安排得多么严峻而美好啊，
有田野和鲜花之处我们就舒坦。

在徒步的途中我停了下来，
看白昼在嬉戏中流光四溢。
但即使这里……也并不美满……
欠缺的东西是那无法寻觅的东西。

正如无法寻觅熄灭了的星星，
正如当年在丰茂的草原溜达，
在白色的叶间和白色茎上，
我永远无法寻觅那绿色的花……

离别吟

我就要动身离开这个荒村……
河流即将覆盖上一层坚冰，
黑夜里门户将会咯吱作响，
露天将到处是深陷的泥泞。

母亲若来她也会黯然神伤……
而你在这满目荒凉的僻壤，
定要偎依桦皮编织的摇篮，
为我的负心之举痛哭一场。

当初你傍靠荒沼中一个树墩，
眯着眼托着手喂我吃熟酸果，
就像喂养一只善良的小鸟，
如今想来这又是为的什么？

莫忧伤，在春寒料峭的码头，
别去把我乘坐的轮船等候。
让我们为离别而干一杯吧，
一杯酬谢短暂的柔情的酒。

我俩是各奔东西的鸟儿
怎么能在同一岸边期待？
也许，我还能够回到这里，
也许，我再也无法回来……

你可知道，我夜间漫步小径，

无论我走向什么地方，
总听得险恶的追赶的脚步，
仿佛梦呓时见到的那样。

然而一旦我忆起这酸果，
和这不毛之地上你的爱情，
我定会给你寄个洋娃娃来，
作为我的最后一场幻梦。

好让小女孩摇着洋娃娃，
永远不会再孤孤凄凄。
"妈妈，好妈妈！洋娃娃真好！
它又会眨眼，又会哭泣……"

松　涛

你已经许多次把我欢迎，
安适的古老的椴树林镇，
这里只有那夹雪的狂风
又在同针叶无休地争论。

多么有俄罗斯风味的村落！
我久久不息把松涛谛听，
我听着，脑际豁然开朗：
浮现出黄昏遐思的情景。

我坐在区里开设的旅店，
抽烟、读书，取暖在炉边，
看来，又是个不眠之夜啊，
我有时就喜欢通宵不眠！

我岂能成眠，当从黑暗中，
仿佛听到古代的声音，
而雪原之暗中仍闪亮着
邻近木棚中的一线光明。

纵然来日的途程似严冬，
纵然我也许会忧郁阴沉，
但我绝不会坐失良机，
来谛听古松不息的涛声……

一块冰凉死寂的石头……

一块冰凉死寂的石头，
从前人们从地上拾捡，
星星点点地从它取火，
钻取出了熊熊的烈焰，
人的命运啊也是这般，
并不比打火少遇艰难，
必须经过同样的甘苦，
才从词语中炼出火焰。

然而人的心智的劳作，
似病人失眠受的折磨，
只不过是件贡品罢了，
为换取不寻常的快乐：

你定会突然间感到
手里有闪光的语言，
有如你一手制造的
那炫人眼目的雷电！

诗　意

如今它顺从着命运，宛如小鸟，
在烟笼雾罩之下窥望着我们——
有时它像草地，风车一闪即逝——
又被烟雾的眼睑闭得紧紧……
然而它因此而分外的迷人！

有时闪现出乡村宁静的画面，
伴着对大地往昔的一片深情，
我心中荡漾着如此巨大的欢欣，
仿佛收割者又在田野里歌唱，
而岁月像澄澈似镜的河水奔涌……

茫茫的雪原……在铁路线之外，
我望见一角僻静、洁净的处所。
但愿无用的埋怨永远宽恕我，
我祈求，就连车站飘起的浓烟
也别把这幅无人知的美景湮没。

但愿银色和琥珀色的针叶林
悄声诉说：听了这铃铛的声音，
传奇式的普希金的诗心放光影；
而感激的人寰又一次地惊呆：
神话般的柯尔卓夫从林中走来。

铁路线用声声汽笛呼唤我，
我奔跑着……但我闷闷不乐，

因为在烟气迷蒙的眼睑外，

它听从命运，有时变幻莫测：

田原、农舍、草地，还有风车……

美妙的月光在河上荡漾······

美妙的月光在河上荡漾——
年轻的歌喉传来了声浪。
一块金色梦幻的幕布，
落在这一片宁静的家乡。

这里没有强盗来恐吓我，
没有人想点起大火一场，
没有疯狂的恶鸟在聒噪，
没有异邦的话语响耳旁。

这里亡者们不安的幽灵，
不会站起来袭扰我心房。
我宛若神仙，在幽境徐步，
心头的忧思渐渐地淡忘。

从何处取来这等美景：
露珠在枝头闪着银光，
夜光竟是如此明澈啊，
在这一片宁静的家乡。

我恍惚听得乐队的合唱，
又像是信使们在驱车奔忙，
在千年沉睡的松林深处，
不断传出马轭上的铃响······

索科洛夫
（一九二八年至一九九七年）

　　弗拉基米尔·尼古拉耶维奇·索科洛夫，当代俄罗斯诗人，苏联"解冻"后"悄声细语派"主要代表之一（另一名主要代表为鲁勃佐夫），他以大自然和爱情为基本主题，写作手法富有时代气息，注重理性表现成分。

谢谢你，音乐，就因为你……

谢谢你，音乐，就因为你
不会在危难中将我抛弃，
从不遮掩自己的真面目，
怎么也不会把自己藏起。

谢谢你，音乐，就因为你
堪称绝无仅有的奇迹，
是心灵，不是奇思怪想，
对某些人你却毫无裨益。

谢谢你，音乐，就因为你，
连那些聪明人都无法舞弊，
谢谢你，就因为任何人
都不知应当怎样对付你。

一九六〇年

田野之星

"我老家上空那田野之星，
和我母亲身上那可怜的手……"——
此歌的余音昨天从静静的顿河外，
从陌生人的口袭上我心头。

又笼罩起无法忘怀的宁静，
又浮现出黑麦和亚麻的远景……
我们无须用话语诉说这爱，
它明确得只知道我们共生命。

田野之星啊！像蓝天上的火星儿！
它会熄灭吗？我的星当也会消隐。
我需要黑面包，如荒原需要白雪，
我需要白面包，为供养我的女人。

女友、母亲、土地，你不会枯朽。
别因我沉默而哭泣：养了我就原谅我！
我们无须用话语来相互交流，
既然对彼此当说的一切最清楚不过。

一九六三年

但求拯救我超脱金银……

但求拯救我超脱金银，
一旦它们高过了功勋。
我从来不知道有什么善行
比暴雨和风雪更要贵重。

它们可不要我变模样，
不要我一年比一年更气派。
但求我在金子般的人民中
闪烁起自己银发的光彩。

它将是多么可怕的情景啊：
一生一世总逃避责任。
身为独一无二的诗人，
去写完全另一个诗人。

一九七三年

谁也不能也不该帮助我……

谁也不能也不该帮助我，
对此你自己最清楚不过。
那是清晨，那是深夜，
因为那是寒冬十二月。

那是暗夜单调的脚步声。
那是飞雪在追求着光明。
那是我对你的相思在偶然的
纸片上无意中留下的印痕。

你头上有一绺白白的头发，
因为那是冷得非同小可。
但因接触我的唇变暖后，
仍恢复它原来有的色泽。

你跨进了大门方形的深渊，
所有的话儿都跟着你消失。
我却不能变成融化了的寒冰，
当灰暗的天空飘起淡蓝的雪。

我竟忘了，最管用的话语，
就是最大限度的默默无语。
那是清晨，那是深夜，
那是街道，那不是你。

那是响雷，也是寂静，

那是光明，也是黑暗。
那是我的诗遭受的磨难。

我愿你在此刻正睡觉，
对此事一点也不知道。

一九七四年

电话铃

假如死是一场无尽期的梦，
是一幕幕白骨累累的幻景，
那就让我梦见着晦暝之日，
满布着那清新的斑斑绿荫。

我早就想走进电话亭里去，
挂个电话回顾往昔的事情，
陷入沉思地站着从电话筒里
在潇潇雨声中把人声聆听。

我要摆脱广阔的空间独处，
向成为过去的一切询问：
"沉陷的世界里可有新的进展？"
答理我的声音却是死气沉沉。

假如死是一场无尽期的梦，
是一幕幕遍地黄骨的幻景，
那就让我梦见这晦暝之日，
那时我连再见都没有说一声。

我放下了冷冰冰的话筒，
在金属钩子上把它挂下，
我因为自己无意中做出的
不体面行为而暗自惊讶。

我为什么连一句话都不说，

像下垂的目光熄灭心中的烈焰——
也许我在活人身边才会有
同死者间生气勃勃的交谈。

一九八四年

失　眠

一只泰国小猫抓住地毯在睡觉，
身上的茸毛轻轻地竖立起来。
一只普通小狗摇摇尾巴也要睡，
我真想对它们俩来一番抚爱。

一个写过一大堆蹩脚诗的人，
把诗递给我等候严峻的品评，
想让我夸几句，自己却安睡了，
在客人面前天才地承袭这本领。

我这个显然令人厌倦的人，
说不定也将入永恒的梦，
不过假如谁在什么地方长眠，
你我未必就此变得高明。

我又何必认真看待这真情，
既然自知我也是一样的人，
总有一天二十世纪也将逝去，
连同我的生命和诗荡然无存。

我又何必认真看待这真情，
有如朝坟墓死盯。又何必呢？
倒不如给姑娘们赠献鲜花，
多看她们几眼，而不看它……

一九八四年

起初，人们彼此……

起初，人们彼此
相信每一句话，
安慰对方的时候，
不来半点虚假。

起初，人们还啼哭，
分别一月像离开一年：
人们彼此还不把
各自的痛苦隐瞒。

但只到此为止——起初，
鹅刚把一阵叫喊发出……
起初，人们还相信，
起初，人们还啼哭。

一九八四年

库兹涅佐夫

（一九四一年至二〇〇三年）

　　尤里·普里卡尔普维奇·库兹涅佐夫，当代俄罗斯诗人。他因一九七三年在《青春》杂志上发表诗作《归来》而成名，他的诗意象结构复杂，多用斯拉夫神话题材，富有孤独感和冷峻感，引起论者不同的评价。

归　来

父亲在前进，前进得安然，
穿过一片布雷区，
化作一缕袅袅轻烟——
没有坟墓或痛苦。

妈妈，战争不让……回故土，
你别朝大路张望。
一根滚滚盘旋的尘柱
穿过田野向门旁。

仿佛尘埃中有人在挥手，
活生生的双眸在闪亮。
一沓来自前方的明信片
在箱底正沙沙作响。

每当母亲等父亲归来，——
一根滚滚盘旋的尘柱，
穿过田野和耕地过来，
孤零零、阴森森地踯躅。

一九七三年

睡女人

你赤身露体地躺在荫处，

在那胸部被两等分的地方，

一只蝴蝶眨眨眼飞舞着，

终于栖落在梦的树梢上。

当有人俯下身摘取的时候，

蝴蝶在手中颤抖不已。

你在梦中轻声说："还给我！"

你拿了别人而非自己的东西。

一九八九年

把镰刀和锤子捎给了上帝……

把镰刀和锤子捎给了上帝，
把河流转向不需水的草原。
在名为"城市"的窄小笼子里，
用铁链把傻瓜关进了牢监。

为圆未来期望的美梦，
他不看牢墙一眼地唱：
安睡吧，你将在海洋中苏醒，
海洋有够大家待的地方！

一九八九年

布罗茨基

（一九四○年至一九九六年）

约瑟夫·亚历山德罗维奇·布罗茨基，出生于俄罗斯。一九七二年被逐出，流亡美国，一九七七年加入美国籍。一九八七年因诗歌天赋和"为艺术献身的精神"而获诺贝尔文学奖。他的诗韵律优美，富有现代意识，有丰厚的文化底蕴。

我为自己竖了座别样的纪念碑！……

我为自己竖了座别样的纪念碑！
我背向着那个可耻的世纪。
我面对着自己失落了的爱。
胸膛像个滚滚的自行车轮。
屁股对准真真假假的事海。

不管包围我的是何种景象，
不管我必须对什么事谅解，
我不会将自己的面目更改。
合我意的只是那高度和姿态，
疲劳把我高高举向了这境界。

你，缪斯，不要因为如今
我的智能像一只漏空的筛子，
并非注满神灵的容器而责怪我。
任凭人们把我推倒、拆毁我吧，
任凭人们责骂我的我行我素吧，
任凭人们把我毁掉、肢解我吧，——

在一个令孩子们高兴的大国里，
我从院子里的一个石膏半身像，
穿过这一对失明的白色的眼睛，
把喷涌而出的泪泉溅洒到天上。

一九六二年

261

我总是反复说命运是一场游戏……

为莱伍·罗瑟夫而作

我总是反复说命运是一场游戏，
既然有鱼子，我们何必还要鱼，
哥特式风格是会取胜的，作为
一种流派和避免刺伤而矗立的能力。
　　我坐在窗前。窗外有棵白杨。
　　我爱的人不多，但爱得强烈。

我曾以为，森林是一部分劈柴。
既然有了膝，何必还要整个儿姑娘。
倦于被世纪扬起的灰尘，
俄国的眼睛会休憩在爱沙尼亚的尖顶上。
　　我坐在窗前，我洗涤了碗碟。
　　在这里我曾很幸福，但不会有原状。

我曾写过：灯光里漾满女人的惊恐，
恋爱这一行为无法言谈，
欧几里得并不知道，一件物体
落上锥体时得到的不是零，而是时间。
　　我坐在窗前。想起了我的青春。
　　我有时会微笑，有时要骂人。

我曾说过，叶子能使幼芽摧毁，
落进贫瘠的土壤的种子不长蓓蕾，
在当今这个自然界里，

带林间空地的草地是手淫的一例。

　　我坐在窗前，双手抱膝，
　　沉甸甸的影子做我的伴侣。

我的歌没有曲调，走了样，
不过用合唱也无法把它演唱。
难怪为了奖励我这番话，
谁也没有把脚歇在我肩上。

　　我在窗前的黑暗里；像列快车，
　　大海在波状的窗帘外轰响。

作为一个二流时代的公民，
我骄傲地承认我最完美的
想法全属二等商品，我把它们
当作与窒息搏斗的经验赠给未来。

　　我坐在黑暗里。这黑暗，
　　屋里的跟屋外的没两样。

　　　　　　　　　　　　一九七一年

我只不过是如此一物……

我只不过是如此一物，
你曾用手掌对它碰触，
在那黑鸦般的静夜里，
你曾将额头对我低俯。

我只不过是如此一物，
你从下面曾将它认辨：
最初只是模糊的轮廓，
很久以后才看清容颜。

这是你怀着炽热的情，
一面对我悄声诉说，
一面给我亲手制作，
左边和右边的耳廓。

这是你拽开了窗帘，
对着我湿润的口腔，
给我装进了嗓音，
发出呼唤你的声响。

我曾经简直像瞎了眼，
你悄无声息地来临，
赐给我敏锐的视觉，
就这样你留下了印痕。

就这样你创造了众生。

就这样，创造它们以后，
你常常听任它们运转，
任它们把你的馈赠享受。

就这样，我们时而被投进
暑热或冰冷，光明或黑暗，
地球永不停息地旋转着，
消失在茫茫的宇宙之间。

一九八一年

涅斯梅洛夫
（一八八九年至一九四七年）

　　阿尔谢尼·涅斯梅洛夫（阿尔谢尼·伊万诺维奇·米特罗波里斯基的笔名），俄罗斯旅侨诗人，也是俄罗斯"白银时代"诗人。一九二四年，他以白军中尉的身份逃亡中国，二十多年从事诗歌和散文创作，取得丰硕的成果，有"旅华第一诗人"的美誉。他的作品既属于中国文学，也可归入俄罗斯文学。

日落时分

暮色辉耀着柔和的安谧。
灰色的柳丛。土丘。土丘上，
点着篝火，底朝天的小船，
篝火上一壶水沸沸扬扬。

熏着烟对蚊子进行自卫，
从远处飘来俄罗斯的话音，
在这个荒无人烟的旷野上，
过夜的是三个快乐的渔民。

渔民们的铠甲摆了一地，
雨衣、背囊被扔进茅草丛。
插入地的钓竿有如路标，
长颈圆玻璃瓶汩汩有声。

仿佛往事和我们重遇，
黄昏此刻我们在何处？
莫非重又在额尔齐斯河、卡马河，
此刻重又在亲爱的祖国？

莫非这浩浩汤汤的大江，
是壮士歌中的沃尔霍夫河、古老的奥卡河？

异国的美景：山河、草原啊，
我们永远离不开祖国，
不管你们怎样盘旋、闪耀，

我们总会想起祖国！

但你们多辽阔、宁静、舒适！
让我们栖留，对你们感激。

一个很小很小的婴孩……

一个很小很小的婴孩，
因为夜里受了点惊吓，
把头往枕头底下一埋，
仿佛小鸟藏在枝叶下。

但如果大家对我们陌生，
我们该往哪儿躲藏？
像小鸡们往洗衣盆下藏身，
我们可真该躲进门廊！

空中有平展身子一圈圈
盘旋的厄运——我们的老鹰。
我们头上的天空湛蓝，
比夜间穹隆更令人伤心。

普希金悲叹自己的奶妈，
一旦遇到暴风雪呼吼。
流亡中没有什么奶妈，
没有爱情，也没有朋友。

一九三五年

致后代

有时我想起这样的情景：
往后再过一百个年头，
打开那本长篇大论的
《我们在中国的侨居》之后，
遥远未来的青年定将要
把悲惨流放犯的命运思考。

两种目光顿时相接——
现存的一切和原先的一切：
徒步者负囊携杖的路途……
后代将深表同情地说：

"路途苦涩，灯塔暗淡，
见你们疲惫，令人憋得慌，
为什么你们这样倔强，
为什么你们不返回故乡？"

在某处有人会提到——从书页上，
我会站起来，等到那时，把睫毛一扬：

"别责怪我们。从你的窗口
并未发现沉没的地方：
岁月已把远方彻底清除，
当作被处决者的尸体扔过去，
直到它们最隐秘的底部。

"只不过你严酷的父、祖两辈，
把我们的根彻底灭绝，
他们自己都摒弃自己，
这样，你才崛起，余孽！

"你成长，没有监狱，没有墙，
墙砖被子弹抠出许多纹，
在我们时代没有投降过，
因为当年不纳降敌人！"

没有参加过疯狂的战斗，
没有走那条靠不住的道路，
他将用一种将信将疑
而傲慢的讥笑给我答复。

我们彼此都互不理解，
冷冷地抬起眼皮相望，
于是又一年，一年，一年，
直到最后审判号吹响！

奥库扎瓦

（一九二四年至一九九七年）

布拉脱·沙尔沃维奇·奥库扎瓦，当代俄罗斯行吟诗人，"作者歌曲"体裁的创立者之一。他把特定的个人的心理活动引入传统的失去个性的歌吟世界，平白的话语之外有永恒的生存问题，战争、恋爱、友谊、信仰等主题中有他的个性与命运。

淡蓝的小气球

小女孩哭了：小气球飞了。
都对她安慰，小气球还飞。

大姑娘在哭：还没未婚夫。
都对她安慰，小气球还飞。

女人哭泣了：丈夫变心了。
都对她安慰，小气球还飞。

老太婆哭了：还没活够呢⋯⋯
小气球飞回了，它却是淡蓝的。

一九五七年

无论在街头，还是在命中……

无论在街头，还是在命中，
诗人都没有什么竞争者。
当他朝着全世界呼喊，
不是在喊你们，是在呼自我。

把瘦削的手举向天空，
他一滴一滴损耗生命力。
快要燃尽时他请求宽恕：
不是为你们——是在为自己。

当他达到了某个极限，
灵魂朝黑暗方向驰飞……
领域占领了，事业有成，
你们该解开：为什么和为谁。

不知是蜜汁，还是杯苦酒，
不知是地狱火，还是圣殿……
发生的一切，如今归你们。
一切为你们，为你们奉献。

维索茨基

（一九三八年至一九八〇年）

　　弗拉基米尔·谢苗诺维奇·维索茨基，当代俄罗斯行吟诗人。他大胆地将口语俗语性与隐喻性结合，把注定遭厄运但仍走到底的个人反叛者作为抒情主人公。他的诗歌深受人民喜爱，第一部诗集《神经》在他去世后才问世。

如果我喜欢你——嫌少吗？……

如果我喜欢你——嫌少吗？

如果我爱上你——嫌多吗？

假如我从头认识你该多好，

假如我长久地认识该多好！

你在哪里呀，贫乏的想象力，

你在哪里呀，我的词汇量！

心爱的、温柔的、迷人的人哪！……

啊，我真不该把您爱上！

一九六一年

大地之歌

谁说:"一切都已烧个精光,
不要再往大地上播撒种子"?

谁说大地已经死亡?
不! 它只是一时的躲藏。

母性是从大地拿不来的,
也夺不走,如淘不干海水。
谁信大地已经被烧焦?
不! 它是因忧患而变黑。

壕沟密布,有如采矿坑道,
弹坑累累,像张大嘴的伤口。
大地身上裸露的神经
吃尽了绝非人世间的苦头。

它能承受并挺得过一切!
请不要把它登上残疾人之列!
谁说大地不会唱歌?
谁说它曾永远沉默?

不,它压住呻吟在铮铮有声,
声音发自一切伤口和出气孔,
因为大地是我们的心灵,

用靴子践踏心灵，休想！

谁信大地已经烧焦？

不，它只是一时躲藏。

一九六九年

马萨洛夫
（一九四〇年至今）

　　弗拉基米尔·伊万诺维奇·马萨洛夫，曾在国外工作过二十多年的外交家诗人，俄罗斯作协理事会书记，俄罗斯外交部诗歌协会主席，多种著名文学奖的得主。他著有十四行诗集《生活与爱情》等二十三部诗集。他的诗已被译成多种外语。本书所收录的这两首诗是首次与我国读者见面。

人生——留茬地

献给顾蕴璞

人生是留茬地。往前走，会崴脚。
停步可不行，哪怕疼得再厉害些。
有时候只有天使们能帮助你
从倒霉日子的怪圈上空滑过去。

如今我已不觉得那么可怕，
留茬地上，当你选择自己的路，
要从人生之书撕下岁月的纸页，
跨进那条深不见底的爱河。

于是，无论是阴霾天、下雨天、
酷寒天，统统都不可怕，
你正沿着人生幸福之路前行，
并且确信，永远这样不变化。

心里不再会记起留茬地的屈辱，
好像人生原本就是如此，
那么怪人为何要给平板雪橇、
马车式雪橇减负而让它们奔驰？

即使恋人抛下了你，
你的心变得沉重无比，
你也不再会摈弃留茬地，
而想更久地跟它在一起。

二〇一四年四月二十八日

在雍和寺（地处北京的和谐、平安、宁息之宫）

献给顾蕴璞

我虚空而谦恭地跨进寺的门槛，
想沉默片刻在"寂静"的身旁，
佛陀，犹如一座深红色的金山，
矗立在眼前，像个真理的印章。

他若有所思，怡然自得，
心中怀着真诚的宽容，
双腿打坐，安宁之光四射，
早悟得去极乐世界的历程。

在那檀香迷魂的气味中，
我总是在竭力地破解
整个"寂静"和那大堂内
与我灵犀一点通的"神圣"，
使我的心和他们更贴近。

使我略略钻进万物的奥秘，
触碰一下光芒四射的
默默地在和尘世说话的
佛陀眼中闪亮的光波。

但哪能行啊！人间有业障者
是不可以揣度圣者的所思的！
可我还是用心聆听了
洋溢在简陋小室中的光波！

二〇一四年四月二十六日

日丹诺夫

（一九四八年至今）

　　伊万·费奥道罗维奇·日丹诺夫，当代俄罗斯梦行症患者诗人，当代俄诗"喻实派"（与"概念派"对立）的主要代表。他的写作不因年龄而改变。读者从他的诗似可找到一本圆梦的书，它可以揭示世界、大自然、心灵等问题。他是一九九八年别雷奖和一九九七年阿波隆·格里高里耶夫奖的得主。

你独自伫立在这森林的门口……

你独自伫立在这森林的门口，
林中每张叶子——期盼的后代，
每个脚印都像刚落下般清晰。
你面对的已不是呼吸本身，
而是你利用呼吸寻求平衡——
小草、云朵和岁月都这样呼吸。

在日落时哭着的雨的脸庞
如今已经变得一派晴朗——
你不妨用雨的双眼望一下枝叶。

你走进丛林看像镜子般的立方体，
鸟栖息的夜在这容积里沙沙作响，
去年的雪刺激得嘴唇发痒。

从黑暗中钻出来但被阻挡的声音
像一种死寂的声息视而不见，
但熟稔得藏在一粒粒灰尘里面。

心不也是这样掂量搏动的吗？

一九九七年

当罪过不明时，它比什么都宝贵……

当罪过不明时，它比什么都宝贵———
星星朝上望，从下只见它的背。

我们恐惧时星星从一旁瞧着我们，
准确说，瞧的是恐惧，不是我们的脸。
他们不在乎：雪是光身或穿着衣飘下，
干枝裂时有无火，飞行中有无鸟出现。

它们不在乎：藐视对象所处的状态。
它们从一旁瞧着，播种多刺的光，
它们穿过生气时松开的两手的空穴，
便返了回去，但原地星星已不知去向。

它们翻过身去，从下面看不见它们，
请问：谁能哪怕一次登得更高，
以便能看见：不是反光沿屋檐流动，
或手影爬墙面，而是责难在背后乱跑？

怎样驯服这星星，只有上帝知道。
怎样止住不明的疼痛，它们才明晰。
怎样在黑色的心中再生爱心或担心？
它们沉默了。像面对自己，我们对天站立。

雪赤裸地、无形无声地一直下着，

早已死去的鸟的飞行还在继续着，
责难在屋顶上飘游，取代了星光，
我不感觉你存在，恐惧在背后才存活。

一九九七年

.

译后记

本书是"'一带一路'沿线国家经典诗歌文库"之一的《俄罗斯诗选》，它具有以下四个显著特点：

一、独一无二性。

本书由译者一人来完成，这是前人所没有做过的，前人不乏由一人撰写俄罗斯诗歌史（哪怕并非从古到今），但未见一人独自完成过整部俄罗斯诗选的挑选与汉译。再从结构框架的近代部分（十八至十九世纪）、跨世纪部分（"白银时代"）和现代部分（二十至二十一世纪俄苏诗歌的纵横交织）三大板块构成来看，从纵向的传承与横向的内外对接两个向度描述俄诗的发展脉络的方法论来看，从选材的标准化原则与旨在为作者扬长避短的随意性原则相结合的极大自由度来看，本书也都是独一无二的，它既有挑战和创新的因子，肯定也存在不完善甚至谬误的成分，译者期盼获得读者和审批者的谅解与宽容。

二、从局部中凸现的整体性。

虽然本书纳入的绝大部分为抒情诗，但也选入一些经典性较强的长诗的片断，以彰显俄罗斯诗歌结构框架的整体性。

三、对抗性与包容性的并行不悖。

无论是各种诗潮（外来的或本土的），或者是诗的各个流派，既有相生相克的一面，又有相得益彰的一面。因此本书在选材和阐述上都是比较开放和圆融的。和任何事物一样，俄罗斯诗歌是个包含时间和空间的整体，不容人为地加以割裂。例如，在"白银时代"的俄罗斯诗坛上，由西方引入的现代主义曾一度称雄，而在二十世纪七八十年代的苏联诗坛上，在"探新""反思"和"回归"三重相互交织的推力下的现代主义倾向的回潮，引人对诗歌本体的发展规律逐步深入。

四、为作品的纵向比较而展示独特的发展脉络。

例如，从罗蒙诺索夫的《我为自己建立了不朽的标记……》，到杰尔查文的《纪念碑》的连续选译，无非是为之后的普希金的《我为自己竖了一座非手建的纪念碑……》、布罗茨基的《我为自己竖了座别样的纪念碑！……》做铺垫，以便让读者领悟俄罗斯诗歌纵向发展的独特逻辑。

最后，译者感到十分遗憾的是，由于受成书时间限制，特别是译者健康状况的影响（当时因病正在北京医院接受治疗），全书对十九世纪前的名作选得过少，与十九世纪以后的选材不成比例，实为无奈之举，祈请广大国内外读者予以谅解。

顾蕴璞

二〇一七年五月二十日

总　跋

经过两年多时间的筹备与组织，"'一带一路'沿线国家经典诗歌文库"终于将陆续付梓出版，此刻的心情复杂而忐忑，既有对即将拨云见日的满满期待，更有即将面见读者的惴惴不安。

该项目于二〇一五年下半年开始酝酿，其中亦有不少波折和犹疑。接触这个项目的所有人都无一例外地认为，这是应该做而且只有北大才能做的事情，也无一例外地深知它的难度。

"一带一路"跨度大、范围广，多语言、多民族、多宗教、多文明交融，具有鲜明的文化多样性特征。整个沿线共有六十余个国家，计有七十八种官方或通用语言，合并相同语言后仍有五十三种语言，分属九大语系。古丝绸之路尽管开始于政治军事，繁荣于商旅交通，但其更重要的意义在于促进了人类文明的交往。它连接了中国、印度、波斯和罗马等文明古国，跨越埃及文明、巴比伦文明、印度文明、中华文明的发祥地，是东西方文明交流互鉴的重要通道。

如何更好地展现"一带一路"沿线人民的文化特质和精神财富，诗歌无疑是最好的窗口。诗歌是文学王冠上的明珠，精敛文学之魂魄，而经典诗歌则凝聚着各个国家民族的文化精神和文化理想，深刻反映沿线国家独有的价值观和对世界的认识。长期以来，中国学界和出版界一直比较重视欧美发达国家诗歌的译介与研究，对发展中国家尤其是一些弱小国家的诗歌研究存在着严重忽略的现象。我们希望通过对"一带一路"沿线国家经典诗歌的研究，深刻地了解一个国家，理解它的人民，与之建立互信，促进国内学界对"一带一路"沿线国家文学、文化和文明的了解，弥补我国诗歌文化中的短板，并为中国诗歌走向世界提供思路和借鉴，从而带动与"一带一路"沿线国家的深层次交流，为中国的对外交往和"一带一路"倡议的实施提供人文支撑。

北京大学外国语学院组织国内外相关领域的专家学者，于二〇一六年一月，正式启动"'一带一路'"沿线国家经典诗歌文库"项目。该项目以北京大学人文学科的优良传统和北大外语学科的深厚积淀为基础，以研究和阐释"一带一路"沿线国家厚重的历史、文化内涵为己任，充分发挥本学科在文学、文化研究领域的传统优势和引领作用，积极配合和支持国家的"一带一路"倡议，为中外优秀文化的研究、互鉴和传播做出本学科应有的贡献。

北京大学外国语学院牵头组织的"'一带一路'沿线国家经典诗歌文库"项目，旨在翻译、收集、整理和编辑"一带一路"沿线六十余个国家的诗歌经典作品，所选诗歌范围既包括经典的作家作品，也包括由作家整理的、具有广泛影响力的史诗、民间诗歌等；既包括用对象国官方语言创作的诗歌，也包括用各种民族语言创作、广泛传播的诗歌作品。每部诗集包括诗歌发展概况、诗歌译作、作者简介等三个部分。

在此基础上，形成由五十本编译诗集构成的"'一带一路'沿线国家经典诗歌文库"第一批成果，这将弥补中国外国文学界在外国诗歌翻译与研究方面的不足，特别是对部分"一带一路"沿线国家的经典诗歌开展填补空白式的翻译与原创性研究工作具有重大意义，同时对沿线诸多历史较短的新建国家的文学史书写将具有十分重要的价值。

该项目自启动以来，先后成立了编委会和秘书组，确定项目实施方案、编译专家遴选以及编选的诗歌经典目录，并被确定为北京大学一百二十周年校庆的重要出版项目之一，得到学校、校友及社会各界的大力支持，建立起以北京大学外国语学院为核心，汇集国内外相关领域知名专家学者、翻译家的翻译、编辑团队，形成了一个具有高度共识和研究能力的学术共同体。

在这个共同体中的每个人都是幸福的，与诗为伴，以理想会友，没有功利，只有情怀。没有人问过我们为什么要做，每个人只关心怎样可以做得更好。无论是一无所有之时还是期待拿到国家出版基金支持之日，我们的翻译团队从没有过犹豫和迟疑，仿佛有没有经费支持只是我一个人需要关心的事情，而他们是信任我的。面对他们，我没有退路，唯有比他们更加勇往直前。好在我一直是被上苍眷顾和佑护的人，只要不为一己之利，就总能无往不胜。序言中，赵振江教授说了很多感谢的话，都代表我的心声，在此不再重复。我想说的是，感谢你们所有人，让我此生此世遇见你们。如果可以，我还想在此感谢我的挚爱亲人，从没有机会把"谢谢"说出口，却是你们成就了今天的我。

希望通过我们台前幕后每一个人的努力，把"'一带一路'沿线国家经典诗歌文库"项目打造成沿线国家共同参与的地域性的文化精品工程，使"文库"成为让古老文明在当代世界文化中重新焕发光彩、发挥积极作用的纽带和桥梁。

人也许渺小，但诗与精神永恒。

宁　琦

写于二〇一八年"文库"付梓前夜，北京

图书在版编目（CIP）数据

俄罗斯诗选：上下两册 / 赵振江主编；顾蕴璞编译 . —北京：作家出版社，2019.8（2019.9 重印）

（"一带一路"沿线国家经典诗歌文库 . 第一辑）

ISBN 978-7-5212-0486-5

Ⅰ. ①俄… Ⅱ. ①赵… ②顾… Ⅲ. ①诗集—俄罗斯 Ⅳ. ① I512.2

中国版本图书馆 CIP 数据核字（2019）第 067406 号

俄罗斯诗选（上下两册）

主　　编：赵振江
副 主 编：蒋朗朗　宁　琦　张　陵
编 译 者：顾蕴璞
选题策划：丹曾文化
责任编辑：懿　翎　方　叕
装帧设计：曹全弘
出版发行：作家出版社有限公司
社　　址：北京农展馆南里 10 号　　　邮　　编：100125
电话传真：86-10-65067186（发行中心及邮购部）
　　　　　86-10-65004079（总编室）
E-mail:zuojia @ zuojia.net.cn
http://www.zuojiachubanshe.com
印　　刷：北京通州皇家印刷厂
成品尺寸：160×240
字　　数：862 千
印　　张：38.25
版　　次：2019 年 8 月第 1 版
印　　次：2019 年 9 月第 2 次印刷
ISBN 978-7-5212-0486-5
定　　价：130.00 元